뛰는 교과서

나는 국어왕

5·6학년

상상의집

이 책에 사용된 사진의 소장처 및 출처

◈ 몽유도원도(p181) 국립중앙박물관
◈ 인왕재색도(p181) 삼성미술관 Leeum

뛰는 교과서, 나는 국어왕 5·6학년 : 교과서 수록 작품 읽기 3단계

글 남상욱 | **그림** 허경미 | **사진** 북앤포토
펴낸날 2014년 2월 24일 초판 1쇄, 2022년 11월 10일 초판 3쇄
펴낸이 김상수 | **기획 · 편집** 이성령, 권정화, 전다은 | **디자인** 문정선, 조은영 | **영업 · 마케팅** 황형석, 임혜은
펴낸곳 루크하우스 | **주소** 서울시 서초구 사임당로 50 해양빌딩 504호 | **전화** 02)468-5057 | **팩스** 02)468-5051
출판등록 2010년 12월 15일 제2010-59호
www.lukhouse.com cafe.naver.com/lukhouse

ISBN 979-11-5568-029-2 63800

※ 잘못된 책은 구입처에서 바꾸어 드립니다.
※ 값은 뒤표지에 있습니다.

상상의집

상상의집은 (주)루크하우스의 아동출판 브랜드입니다.

5·6 학년 국어 교과서를 반영한
뛰는 교과서
나는 국어왕
글 남상욱 | 그림 허경미
교과서 수록 작품 읽기
3 단계

머리말

"평생 단 한 권의 책만 읽어야 한다면?"

고전 명작을 쉽고 재미있게, 교과서 국어왕

세상에는 무궁무진한 이야기가 있어요. 그중 우리가 가장 많이 만나는 이야기는 바로 교과서 속 이야기예요. 특히 국어 교과서에는 교육적 가치와 예술적 가치를 함께 인정받은 이야기들이 수록되어 있어 지식을 확장하고 정서를 함양하는 계기가 되지요. '평생 단 한 권의 책을 선택하여 읽어야 한다면 그건 국어 교과서다.'라고 할 만큼 빼어난 작품들이 수록되어 있는 교과서. 어떻게 하면 교과서 속 작품을 편하게, 재미있게 볼 수 있을까 하는 고민에서 이 책이 시작되었어요.

"국어왕이 교과서에 묻다!"

교과서 작품을 꿰뚫는 20가지 창의 질문

이야기를 이루는 요소에는 인물, 배경과 상황, 사건과 갈등, 구성과 플롯이 있습니다. 이야기마다 재미와 교훈이 다르듯 작품마다 강조되는 요소가 다르지요. 이를 테면 동화 〈강아지똥〉에서 가장 중요한 질문은 주인공이 누구냐 하는 것입니다. '작가는 왜 이렇게 하찮고 쓸모없는 강아지똥을 주인공으로 내세웠을까?' 라는 질문은 작품을 이해하는 핵심이에요. 만약 이 작품의 제목이 '강아지똥'이 아니라 '민들레 싹'으로 바뀐다면 어떻게 될까요? 하찮고 쓸

모없는 강아지똥이 민들레 싹의 거름이 되어 꽃을 피우는 이야기가 아니라, 민들레 싹이 자신에게 거름이 되어 줄 친구들을 찾으러 다니는 이야기가 되겠지요? 무시와 조롱만 당하던 강아지똥이 자기 존재의 소중함을 깨닫는 감동 또한 사라질 테고요. 이 책은 작품을 해제하지 않고 단 한 가지 핵심 질문을 던짐으로써 작품의 본질을 바로 이해하고 감상하도록 합니다. 또 작품의 중요 요소를 바꿔 봄으로써 이야기가 어떻게 달라지는지 보여 줍니다. 학년군으로 재편된 개정 교과서의 흐름에 맞추어 3단계로 나누었고, 각 단계마다 한 학년군의 교과서 수록작을 살펴보도록 했습니다. 1단계는 1~2학년군, 2단계는 3~4학년군, 3단계는 5~6학년군, 마지막으로 4단계는 중학교 1학년 국어 교과서 수록작을 미리 살펴봄으로써 중학교를 준비할 수 있습니다. 1단계에서 〈강아지똥〉을 두고 주인공이 누구인가 묻는다면 4단계에서는 〈사랑손님과 어머니〉를 두고 시점과 화자를 묻는, 체계적인 창의 질문과 워크가 수록되어 있습니다.

음악, 미술, 역사, 과학도 함께 읽는 스팀(STEAM) 국어

이 책의 가장 큰 특징은 국어 교과서의 이야기뿐 아니라 미술 작품에 숨은 이야기, 노랫말에 숨은 이야기, 지도나 문화재에 숨은 이야기도 '읽도록' 하는 것입니다. 읽는 것의 범위를 텍스트에 한정하지 않고 다양한 비주얼로 그 범위를 넓혀 창의적이고 통합적인 사고를 유도합니다. 국어 교과서의 이야기로 배운 인물 및 시점, 화자를 미술 교과서의 명화에 그대로 적용하지요. 기존의 '보는 것', '듣는 것', '외우는 것'을 벗어난 자유로운 국어 활동은 은유와 상상에 날개를 달고 보다 새로운 생각으로 새로운 세상을 만들어 갑니다.

차례

1
주인공은 누구일까?

교과서 속 이야기

'송두리째 다 내놓았어'

동시 속 주인공은 누구일까?

송두리째 다 내놓았어

이성자

수박 넝쿨이
뙤약볕과 싸우며 키워 낸
달콤한 속살

우리에게
송두리째 다 내놓았어

수박 씨앗이
콕콕 웃으며
쳐다보고 있는 거야

한 조각씩 나눠 먹으며
오순도순 살라는 게지

수박처럼 둥그런 마음
나누며 살라는 부탁이겠지

주인공은 누구일까?

이 동시에는 '수박을 먹고 있는 우리'와 '콕콕 웃는 수박 씨앗'이 나와요. 그렇다면 둘 중 이 시의 주인공은 누구일까요? 우리에게 오순도순 살고, 둥그런 마음을 나누기를 바라는 수박 씨앗이 주인공이죠. 주인공은 문학작품 안에서 이야기를 이끌어 나가는 인물이거든요.

사람만 주인공 하란 법 있나요?

문학작품 속 세계는 모든 일이 벌어질 수 있는 자유로운 곳이에요. 동물이나 로봇, 물건도 주인공이 될 수 있어요. 『오즈의 마법사』에서는 허수아비, 양철 나무꾼, 사자가 사람인 도로시와 함께 이야기를 나누며 여행을 떠나잖아요!

교과서 밖 이야기

'돈키호테' 이야기 속 주인공은 누구일까?

"이 거인! 내 너를 무찌르겠노라!"

낡은 갑옷을 입은 늙은 기사는 창을 높이 치켜들었다. 금방이라도 자신의 눈앞에 서 있는 사악한 거인을 향해 달려 나갈 태세였다. 기사의 하인 산초는 그 모습을 보며 울상을 지었다.

"주인님, 대체 무슨 소리를 하시는 겁니까."

산초의 눈에는 거인은커녕 사람도 보이지 않았다. 그러자 기사는 창으로 어딘가를 가리켰다.

"산초, 네 눈에는 저 무시무시한 거인이 보이지 않는 게냐?"

창 끝 너머에 있는 건 거대한 풍차였다. 기사는 풍차를 거인으로 착각하고 있는 것이었다. 기사는 창을 꽉 쥐고 풍차를 향해 달려 나갔다.

"거인이여, 내 이름을 기억해라. 내 이름은 돈키호테! 라 만차의 돈키호테이다!"

돈키호테의 원래 이름은 알론소 키하노, 스페인 라 만차 지방의 시골 지주였다. 평생 마을을 벗어난 적이 없던 알론소의 취미는 기사 소설을 읽는 것이었다. 아름다운 공주를 지키기 위해 온갖 괴물과 싸우는 기사의 이야기를 읽을 때마다 알론소는 감격의 눈물을 흘렸다. 그리고 생각했다.

'나도 이렇게 멋진 기사가 되고 싶다.'

매일 그런 생각만 해서였을까? 어느 순간, 알론소는 스스로를 훌륭한 기사, 돈키호테라고 착각하기 시작했다. 그러자 그는 더 이상 참을 수 없었다.

"이런 시골에 더 이상 있을 수는 없어! 모험을 떠나야겠다."

알론소, 아니 돈키호테는 창고에 처박혀 있던 선조의 낡은 갑옷을 꺼내 입었다. 자신의 늙은 말에게는 '로시난테'라는 멋진 이름을 지어 주었다. 그리고 근처에 살던 농부 산초 판사를 '모험이 끝나면 성의 영주가 되게 해 주겠다'며 자신의 하인으로 삼았다. 그리고 자신의 머릿속에만 존재하는 상상 속의 모험길에 오른 것이었다.

"으아아아악!"

돈키호테는 풍차의 날개에 걸려 하늘로 높이 솟았다 '쿵!' 하고 떨어졌다. 산초가 놀라 얼른 달려갔다.

"주인님, 괜찮으십니까?"

돈키호테는 만신창이가 된 상태에서도 분한 표정으로 풍차를 노려보았다.

"난 저것이 단순한 거인인 줄 알았는데……. 악마였어!"

산초는 풍차를 보고 거인이랬다가 이젠 악마라고 말하는 돈키호테가 답답해 한숨을 푹 내쉬었다. 이미 산초는 성의 영주가 되겠다는 생각 따윈 지운 지 오래였다.

"주인님, 이제 그만 집으로 돌아가시죠."

하지만 돈키호테는 고개를 세차게 저었다.

돈키호테는 창을 짚고 간신히 일어났다. 그리고 자신만을 기다리는 아름다운 공주님을 만나, 그녀를 괴롭히는 괴물을 물리치기 위해서 힘겹게 발걸음을 옮겼다.

물론 그런 공주님은 돈키호테의 머릿속에만 있는 상상의 존재지만 말이다.

주인공은 누구일까?

돈키호테가 주인공이에요. 돈키호테는 자신이 기사라는 착각에 빠져 사는 인물이에요. 그래서 풍차를 거인이라고 믿고 싸우기까지 하죠. 『돈키호테』 속 모든 이야기는 돈키호테가 벌이는 행동으로 인해 벌어지는 사건이에요.

『돈키호테』의 주인공은 돈키호테이다.

주인공은 이야기를 이끌어 나가는 인물이기 때문에, 이야기의 제목을 주인공의 이름을 따서 짓는 경우가 많아요. 영국의 위대한 극작가 셰익스피어의 작품은 『햄릿』, 『리어왕』, 『오셀로』, 『로미오와 줄리엣』 등 대부분 주인공의 이름을 따서 지었죠.

레오나르도 다 빈치의 「최후의 만찬」 속 주인공은 누구일까?

레오나르도 다 빈치의 대표작이자,
유럽 르네상스 시대를 대표하는 벽화예요.
1980년 유네스코가 세계 문화유산으로
지정하기도 했어요.

그림을 보면, 자연스럽게 시선이 중앙의 인물로 향하는 걸 알 수 있어요. 바로 이 그림의 주인공인 예수 그리스도예요. 이처럼 미술 작품에도 문학작품처럼 주인공이 있고, 화가는 작가처럼 주인공을 돋보이게 하기 위해 노력하지요.

어떤 이야기를 다룬 그림일까요?

예수 그리스도와 그의 열두 제자들이 모여 저녁 식사를 할 때, 예수가 말했어요.

"이 자리에 모인 사람들 가운데 한 명이 나를 배신할 것이다."

바로 은화 서른 냥에 자신을 배신한 유다를 가리킨 말이었죠. 예수의 말에 제자들은 깜짝 놀라며, 과연 배신자가 누구인지 물어보았어요. 바로 그 순간을 그린 그림이에요.

2

주인공을 도와주는 인물은 누구일까?

교과서 속 이야기

'오가리살' 이야기 속 주인공을 도와주는 인물은 누구일까?

옛날 옛적, 충청북도 보은 땅에 오씨 성을 가진 한 총각이 살았어요. 그 총각은 서른 살이 넘었는데도 장가를 가지 못한 게 큰 고민이었죠.

하루는 총각이 장에 나갔다가 밤늦게 혼자 집에 돌아가던 길이었어요. 동네 어귀에 있는 서낭당을 지날 때, 갑자기 서낭당 안에서 두런두런 말소리가 들렸죠. 총각은 오싹한 마음이 들었어요.

'이거 서낭당 안에 도깨비가 있는 거 아냐?'

총각은 무서운 마음에 일부러 '에헴! 에헴!' 헛기침을 내뱉었죠. 그러자 거짓말처럼 말소리가 사라졌어요. 총각은 두려웠지만 호기심이 생겼어요. 그래서 서낭당에 다가가 문을 확 열어젖혔죠.

서낭당 안은 텅텅 비어 있었어요. 그런데 거기에 본 적 없는 조그만 몽둥이가 있는 게 아니겠어요.

'아하, 이게 바로 그 도깨비방망이로구나.'

총각은 그 도깨비방망이를 가지고 집으로 돌아갔어요. 하지만 막상 쓸 데도 없었고, 도깨비의 물건을 집 안에 놓는 것도 꺼림칙했어요. 그래서 총각은 닭장 속에 도깨비방망이를 숨겨 놓았죠.

그로부터 며칠이 지난 어느 날이었어요. 한밤중에 총각이 잠을 자고 있는데, 문밖에서 총각을 부르는 소리가 들렸어요.

"안에 계십니까?"

총각은 그 소리에 눈을 떴어요. 밖으로 나가 보니 누군가 서 있는 게 보였어요. 달도 구름 뒤에 숨어 자세히 보이진 않았지만, 왠지 모를 묘한 분위기가 느껴졌죠. 바로 자신의 도깨비방망이를 찾으러 온 도깨비였어요.

"총각이 가지고 있어도 쓸모없는 물건입니다. 하지만 저에게는 귀한 보물입니다. 만약 돌려주신다면 큰 보답을 하겠습니다."

그 말에 총각은 선선히 도깨비방망이를 돌려주었어요. 도깨비는 몇 번이고 고맙다고 인사를 하며 돌아갔죠.

며칠 후, 총각이 잠을 자고 있는데 밖에서 시끌시끌한 소리가 들렸어요. 총각은 문을 열어 보고는 깜짝 놀랐어요. 도깨비들이 몰려와 총각의 집 마당에 쌀가마니를 놓아두는 게 아니겠어요. 쌀가마니는 금세 산처럼 쌓였어요. 총각은 더 이상 밥 걱정은 하지 않아도 되었죠.

또 며칠이 지나자, 도깨비들이 이번에는 돈이 가득 든 궤짝을 총각의 마루에 놓고 갔어요. 총각은 마을의 최고 가는 부자가 되었고, 더 이상 돈 걱정은 하지 않아도 되었죠.

또 며칠이 지났을까. 이번에는 '쿵!' 하는 소리가 들렸죠. 총각이 나가 보니, 이럴 수가! 웬 아름다운 처녀가 쓰러져 있는 게 아니겠어요. 처녀는 몸이 많이 아파 보였죠. 총각은 처녀를 방 안으로 데리고 와 지극정성으로 간호했어요. 시간이 흘러, 몸이 다 나은 처녀는 총각을 마음에 들어 했어요. 둘은 결혼을 했고, 총각은 더 이상 색시 걱정은 안 해도 되었죠.

결혼도 했으니 총각은 상투도 틀고, '오 서방'이라 불리며 부인과 행복하게 살았어요. 그러던 어느 날 밤, 도깨비가 오 서방을 찾아왔어요.

"오 서방, 이제 당신은 밥 걱정, 돈 걱정, 색시 걱정은 안 해도 됩니다. 하지만 반찬 걱정이 남았군요. 제가 커다란 연못을 만들어 줄 테니, 생선을 잡아 반찬을 하도록 하세요."

그날 밤이 지나자, 마을 사람들은 깜짝 놀랐어요. 평지였던 땅에 연못이 생겨났거든요. 게다가 연못 안에는 생선도 많아, 마을 사람들이 모두 반찬 걱정은 하지 않을 정도였어요. 사람들은 오 서방의 이름을 따 그 연못을 '오 서방의 연못', 또는 '오가리살'이라고 불렀답니다. 지금도 충청북도 보은에 가면 오가리살을 만날 수 있어요.

주인공을 도와주는 인물은 누구일까?

도깨비예요. 주인공인 오 서방이 밥 걱정, 돈 걱정, 색시 걱정, 반찬 걱정을 하지 않도록 도와주죠.

도깨비가 오 서방을 도와준 이유는 뭔가요?

오 서방이 순수한 마음을 지니고 도깨비방망이를 선선히 내주었기 때문이에요. 만약 오 서방이 욕심을 부렸다면, 오히려 도깨비에게 혼쭐이 났을걸요.

다른 이야기에서도 협력자를 찾아봐요.

이야기를 이끌어 나가는 건 주인공의 몫이지만, 그런 주인공을 도와주는 협력자가 나올 때도 있어요. 돈키호테에게는 산초 판사가 있고, 이몽룡에게는 방자가 있는 것처럼요. 하지만 중요한 건 협력자는 도움만 줄 뿐, 결국 이야기를 이끌어 나가는 건 주인공이라는 점이에요.

교과서 밖 이야기

'행복한 왕자' 이야기 속 주인공을 도와주는 인물은 누구일까?

도시 중앙의 광장, 그 가운데 세워진 높다란 기둥 위에 행복한 왕자의 동상이 서 있었어요. 행복한 왕자의 온몸은 얇은 순금으로 싸여 있고, 두 눈에는 반짝이는 사파이어가, 손에 든 칼자루에는 빨간 루비가 박혀 있었죠.

그러던 어느 날, 제비 한 마리가 도시를 찾았어요. 겨울이 찾아오던 때였기에 제비는 부지런히 날갯짓을 해 남쪽 나라로 가야 했어요. 하지만 이미 해가 저물어 제비는 하룻밤을 지낼 곳을 찾아야 했어요. 그때 제비의 눈에 행복한 왕자의 동상이 보였답니다.

"저기서 자고 가면 되겠구나. 전망도 좋고, 공기도 맑겠는걸."

제비는 행복한 왕자의 발 사이에 자리를 잡았습니다. 그리고 잠을 청했죠. 그런데 이상한 일이 일어났어요. 별이 반짝이는 맑은 밤하늘에서 물방울이 떨어져 제비의 날개를 적시는 게 아니겠어요. 제비는 이상하다는 듯 하늘을 보았어요. 그리고 깜짝 놀랐죠. 제비

에게 떨어진 물방울의 정체는 다름 아닌 행복한 왕자가 흘린 눈물이었던 거예요.

"당신은 누구시죠? 왜 여기서 울고 있는 건가요?"

제비가 묻자, 행복한 왕자는 슬픈 목소리로 말했어요.

"나는 행복한 왕자란다. 살아 있을 적에는, 왕궁에서 지내면서 언제나 행복하다고 느꼈지. 그때는 왕궁의 커다란 담장에 가려 세상을 알지 못했지. 그런데 내가 죽은 후, 도시의 사람들은 날 동상으로 만들어 도시 가장 높은 기둥 위에 세워 두었단다. 이곳에서 난 도시의 불쌍하고 가난한 사람들을 보게 되었단다. 그 모습이 너무도 안타깝고 슬퍼서 이렇게 눈물을 흘리는 거란다."

행복한 왕자는 잠시 숨을 고르더니 말을 이어 갔어요.

"도시 가장 외진 곳 골목길을 보면 허름한 집 한 채가 있단다. 그곳에는 바느질을 해 먹고사는 여윈 여인과, 며칠 전부터 앓고 있는 어린 아들이 있어. 아들은 여인에게 오렌지를 먹고 싶다고 하지만, 여인은 아들에게 줄 게 물 밖에 없단다. 제비야, 내 부탁을 들어주렴. 내 칼자루에 박힌 루비를 뽑아서 저 여인에게 전해다오. 부탁이란다.”

“하지만 왕자님, 그 먼 곳까지 다녀오려면 하루를 꼬박 보내야 해요. 저는 내일 아침이면 남쪽 나라로 가야 하는걸요. 친구들도 모두 절 기다리고 있을 거라고요.”

“제비야, 부탁이란다. 제발 하룻밤만이라도 날 도와주렴.”

행복한 왕자의 슬픈 표정을 보자 제비는 차마 거절할 수가 없었어요. 결국 하룻밤만 행복한 왕자의 심부름을 하기로 했죠.

제비는 커다란 루비를 입에 물고 열심히 날아갔어요. 그리고 잠든 여인의 치마폭에 루비를 놓고 왔죠. 날씨는 추워졌지만, 착한 일을 한 제비의 가슴은 어느 때보다 따뜻해졌답니다.

주인공을 도와주는 인물은 누구일까?

제비예요. 주인공 행복한 왕자는 자신의 동상에 붙은 보석과 황금으로 불쌍한 사람을 돕고 싶었지만 움직일 수 없었죠. 그때 제비가 왕자의 부탁을 들어줬어요.

제비가 행복한 왕자를 도와준 이유는 무엇인가요?

불쌍한 사람들을 위하는 착한 마음이 제비를 감동시켰기 때문이에요. 그 마음 때문에 날씨는 점점 추워졌지만 제비의 마음은 따뜻했어요.

3

주인공과 갈등하는 인물은 누구일까?

교과서 속 이야기

'홍길동전' 이야기 속 주인공과 갈등하는 인물은 누구일까?

조선 시대, 이조 판서 홍 판서와 노비 춘섬 사이에서 태어난 홍길동은 뛰어난 능력을 가지고 있었지만 첩의 자식인 서자라는 이유 하나만으로 갖은 무시를 당했어요. 하지만 길동은 다른 이들의 무시보다 더욱 가슴 아픈 일이 있었어요. 그건 바로 아버지를 아버지라 부르지 못하고 형을 형이라 부르지 못하는 것이었어요. 신분 제도가 철저한 조선에서 서자는 평생 동안 아버지를 '대감님'으로, 적자인 형을 '도련님'으로만 불러야 했거든요.

게다가 홍 판서의 또 다른 첩인 곡산모는 홍길동을 질투해, 그를 죽이려 자객을 보냈어요. 무술 솜씨가 뛰어난 홍길동은 그 자객과 싸워 이겼지만, 그 결과 살인자가 되어 버렸죠.

길동은 차라리 집을 떠나기로 마음먹었어요. 그래서 자신과 같은 처지의 사람들과 함께 힘을 모아 세상을 바꾸겠다고 결심했어요. 길동이는 홍 판서에게 마지막 문안 인사를 드리기 위해 찾아갔어

요.

홍 판서가 자다 밖의 인기척을 느끼고 눈을 떠 밖으로 나가니, 길동이가 무릎을 꿇고 엎드려 있는 게 아니겠어요.

"이 늦은 밤에 왜 이러고 있는 게냐."

“대감마님, 저는 이제 이 집을 떠나려 합니다. 사내대장부로 태어나 바깥세상을 보는 일이 어찌 두렵겠냐만은, 이렇게 떠나고 나면 제 가슴에 맺힌 한을 풀 길이 없으니 그것이 안타까울 따름입니다.”

그 말을 들은 홍 판서는 길동이 개인적인 설움 때문에 집을 나간다고 생각했어요. 그래서 길동을 달래려 말했어요.

“어찌 그런 말을 하느냐. 내 너에게 호부호형을 허락할 터이니 한을 풀거라.”

그 말을 들은 길동은 자리에서 일어나 큰절을 올렸어요.

“아버님께서 오늘에야 제 한을 풀어 주시니 이제 죽어도 좋사옵니다. 부디 만수무강하시옵소서.”

홍 판서에게 마지막 인사를 올린 길동은 어머니에게 찾아가 자신의 사정을 모두 이야기했어요. 길동의 어머니는 눈물을 흘렸지만 아들이 한 번 세운 뜻을 꺾을 수 없다는 걸 알고는 길동을 보내 주었죠.

그렇게 세상 밖으로 나간 길동은 먹고살 길이 없어 도적이 된 이들을 모아 ‘활빈당’을 만든 후 탐관오리에게 빼앗은 쌀과 돈을 가난한 이들에게 나누어 주었어요. 하지만 홍길동이 세상을 어지럽힌다고 생각한 임금은 홍길동을 잡아 오는 사람들에게 상을 주겠다고 하였어요. 또한 홍길동의 아버지가 홍 판서인 걸 알고, 홍길동이 스스로 잡히지 않으면 홍 판서에게 큰 벌을 내리겠다고 했어요.

결국 홍길동은 스스로 포도청에 출두했지만, 도술을 부려 도망쳤어요. 그리고 자신의 부하들을 데리고 배를 타고 떠나, 모두가 행복한 나라인 율도국을 세웠어요.

주인공과 갈등을 일으키는 인물은 누구일까?

어린 홍길동을 미워하고 없애려 한 사람은 곡산모예요. 이후 홍길동이 '활빈당'을 세웠을 때는 조선의 임금이 그를 잡으려 했죠.

주인공과 갈등을 일으키는 인물, 적대자

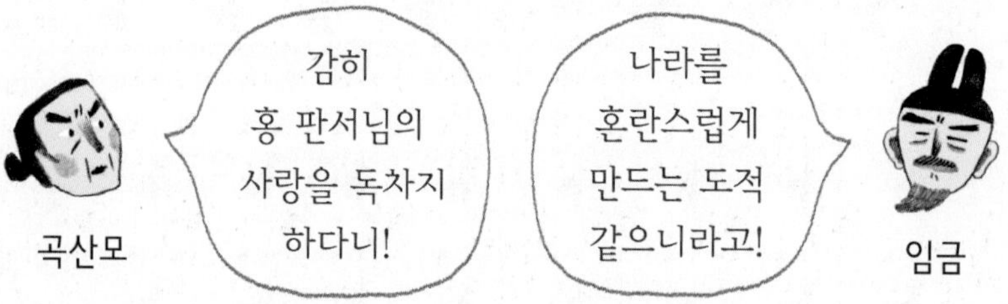

『홍길동전』에서는 곡산모와 임금이 적대자로 나오죠. 적대자는 주인공이 자신의 목표를 이루기 위해서 행동할 때, 그런 주인공을 막으려 하는 인물이에요. 하지만 적대자가 아무 이유도 없이 주인공을 막는 건 아니에요. 적대자는 그 나름대로 자신이 추구하는 가치와 신념이 있답니다.

문학작품 속에서 적대자는 무슨 역할을 할까?

독자는 주인공과 적대자의 갈등을 보며, '과연 누가 이길까?' 하는 긴장감을 느껴요. 그게 바로 문학작품을 읽는 재미죠. 적대자가 없는 평온한 이야기는 독자의 흥미를 끌기 힘들어요. 그리고 주인공은 적대자의 갈등 속에서 자신의 진정한 목표를 깨닫는답니다. 임금이 홍길동을 잡으려 했기에, 홍길동은 진정한 이상 세계인 율도국을 세우기로 마음먹은 거예요.

교과서 밖 이야기

'피터팬' 이야기 속 주인공과 갈등하는 인물은 누구일까?

런던에 살던 아름다운 소녀인 웬디와 그녀의 두 동생 마이클과 존은 어느 날 신비로운 경험을 하게 돼요. 자신의 집에 하늘을 나는 소년, 피터팬과 그의 단짝인 요정 팅커벨이 찾아온 거예요.

피터팬은 웬디 남매에게 요정의 가루를 뿌려서 하늘을 날 수 있게 해 주었어요. 그리고 자신이 살고 있는 네버랜드로 그들을 초대하죠.

네버랜드는 엄마를 잃어버린 고아들이 살고 있는 나라였어요. 피터팬은 웬디에게 고아들의 엄마가 되어 달라는 부탁을 하죠. 이후로 피터팬과 웬디는 네버랜드 곳곳을 돌아다니며 신나는 모험을 펼쳐 나가요.

하지만 그런 피터팬과 웬디를 곱지 않은 시선으로 지켜보는 이가 있었어요. 바로 피터팬을 세상에서 가장 싫어하는 해적 후크 선장이었죠. 후크는 손 대신 갈고리가 달린 왼쪽 팔을 보며 이를 갈았어요.

"버릇없는 꼬맹이인 데다, 내 손을 잘라서 악어에게 갖다 준 못된 피터팬과 그 일당들에게 엄마까지 생겼다 이거지? 흥! 가만두지 않겠어."

그때 후크 선장의 부하인 스미가 좋은 생각을 떠올렸어요.

"선장님. 우리 가서 그 웬디란 여자아이를 납치해 오죠. 그래서 웬디를 우리 해적들의 엄마로 삼죠."

네버랜드의 해적들은 사실 엄마에게 버림받은 고아들이었어요. 그래서 그들 역시 엄마의 따뜻한 손길을 그리워했죠.

"그거 좋은 생각이구나!"

후크 선장은 얼른 부하들을 시켜 웬디와 피터팬의 부하들을 납치하게 했어요. 그 사실을 알게 된 피터팬은 잔뜩 화가 나 후크 선장의 해적선으로 향했죠.

후크 선장은 웬디와 피터팬의 부하들을 해적선 끝 나무 널빤지에 세웠어요.

"웬디, 너는 우리 해적의 엄마가 되고, 나머지는 우리 부하가 되라. 그렇지 않으면 악어 밥으로 만들어 버리겠다."

피터팬의 부하들은 모두 겁이 났죠. 하지만 웬디는 겁먹지 않았어요.

"어떻게 어른이 되어 아이들을 괴롭힐 수 있죠? 거기에 굴복하느니 차라리 당당하게 죽겠어요."

그때! 피터팬이 해적선에 뛰어올라왔어요.

"후크 선장, 감히 웬디와 내 부하들을 납치하다니. 오늘 결판을 내자!"

갑작스러운 피터팬의 등장에 후크 선장과 해적들은 당황했어요. 반면 아이들은 힘이 나서 피터팬을 도와 해적들과 싸웠죠.

드디어 피터팬과 후크의 최후의 결투가 시작되었어요. 끊임없이 칼을 휘두르던 둘의 싸움은 결국 피터팬의 승리로 끝을 맺었죠.

"후크, 내 승리다!"

피터팬이 후크를 발로 뻥 차자, 후크는 해적선 아래로 떨어지고

말았어요. 그리고 그 아래에는 후크의 왼손을 먹은 악어가 기다리고 있었죠.

그렇게 네버랜드에는 평화가 찾아왔고, 웬디와 두 동생은 런던의 집으로 돌아갈 수 있었어요.

피터팬은 어떻게 되었냐고요? 아마 지금도 네버랜드에서 수탉 울음소리를 흉내 내며 즐겁게 지내고 있을 거예요.

주인공과 갈등을 일으키는 인물은 누구일까?

피터팬과 갈등을 일으키는 건 후크 선장이에요. 후크 선장은 피터팬이 네버랜드에서 자유롭게 사는 걸 못마땅해하죠. 그래서 피터팬을 없애고 싶어 해요.

주인공과 적대자는 같은 것을 원한다?

문학작품에서 주인공과 적대자가 싸우는 이유는, 둘 다 모두 같은 것을 원하기 때문이에요. 피터팬과 후크 선장은 모두 '엄마'가 되어 줄 수 있는 웬디를 원했죠. 그래서 물러설 수 없는 싸움이 벌어진 거예요.

적대자가 패하는 이유는 잘못된 행동 때문이다?

주인공과 적대자는 모두 같은 걸 원해요. 하지만 적대자는 잘못된 행동을 하기 때문에 실패하고 말죠. 피터팬은 웬디를 '엄마'로 삼는 대신 웬디가 네버랜드에서 즐겁게 지낼 수 있게 해 줘요. 하지만 후크 선장은 엄마가 되지 않으면 악어 밥으로 만들겠다고 협박을 하죠. 그래서 웬디는 후크 선장의 말을 듣지 않는 거예요.

『삼국지』의 주인공과 갈등을 일으키는 인물은 누구일까?

중국의 최고 고전으로 손꼽히는 『삼국지』는 실제 중국의 역사를 가지고 나관중이 쓴 역사 소설이에요.

『삼국지』의 주인공이 바로 촉나라를 이끄는 유비죠. 유비는 한나라 말, 세상을 어지럽히는 황건적을 물리치기로 마음먹어요. 뜻이 맞는 장수인 관우, 장비와 의형제를 맺고는 세상을 구하기 위한 싸움에 뛰어들죠.

주인공이 있으면, 주인공과 갈등을 겪는 적대자가 있어야 하는 법. 유비는 여러 전투를 통해 동탁, 여포 등의 인물과 갈등을 겪어요. 하지만 유비의 진정한 적대자는 바로 조조예요.

유비와 조조는 성격이 정반대였어요. 유비는 착한 마음씨로, 조조는 냉철한 판단력으로 세상의 인정을 받았죠. 유비와 조조는 한나라의 패권을 두고 평생 전쟁을 벌여요.

예전에는 유비를 주인공으로 두고 조조를 무조건 적대자로 보는 시선이 강했어요. 하지만 요즘은 조조 역시 주목받고 있죠. 조조를 주인공으로 한 책이나 영화, 만화가 나오기도 해요.

매력적인 적대자는 이야기를 흥미진진하게 이끌어요. 주인공과 적대자 사이에서 독자들은 갈등하며 이야기에 귀 기울이게 되지요.

매력적인 적대자가 나오는 이야기에는 뭐가 있을까요?

『크리스마스 캐럴』의 주인공인 구두쇠 스크루지를 찾아오는 죽은 친구의 유령 말리가 있어요. 주인공을 괴롭히니 적대자이지만, 말리 덕분에 스크루지는 남을 돕는 마음을 갖게 되지요.

4 등장인물은 왜 그랬을까?

교과서 속 이야기

'오시오 자시오 가시오'

이야기 속 등장인물은 왜 그랬을까?

봉이 김선달은 원래 평양에서 태어나 자신의 뜻을 펼치기 위해 열심히 공부한 인물이었어요. 하지만 당시 조선은 서북인(평양을 포함한 지금의 평안도 지역에 사는 사람)들을 차별했어요. 그래서 봉이 김선달이 아무리 공부를 잘해도 과거에 급제시켜 주지 않았죠. 그런 사실을 안 봉이 김선달은 답답한 마음에 전국을 떠돌아다녀요. 그러면서 자신의 힘을 믿고 못된 짓을 일삼는 사람들을 만날 때마다 꾀를 내어 혼내 주죠. 그래서 힘 있는 사람들은 봉이 김선달을 사기꾼이라며 싫어했지만, 힘없는 서민들은 봉이 김선달의 일화를 들으며 통쾌해했다고 해요.

어느 날, 봉이 김선달이 마을에 도착하니 마침 큰 장이 벌어지고 있었어요. 당시에는 오일장이라고 해서, 오 일에 한 번씩만 장이 열렸거든요. 그래서 서민들은 물건 살 돈이 없어도 온갖 신기한 물건들이 모여 있는 장 구경을 하러 나서곤 했어요. 하지만 상인들에게

물건을 사지도 않는 서민들은 귀찮은 존재였죠. 그래서 물건을 만져 보기만 해도 화를 내며 쫓아내곤 했어요. 그 모습이 마침 봉이 김선달의 눈에 띄었죠.

'돈이 없다는 이유만으로 저렇게 사람들을 함부로 대하다니. 내가 혼쭐을 내 줘야겠군!'

봉이 김선달은 잠시 머리를 굴리더니 곧 좋은 생각이 떠올랐다는 듯 씩 미소를 지었어요. 그리고 상인이 걸어 놓은 옷을 가리켰죠.

"저게 무엇인가?"

상인은 옷을 모르는 사람도 다 있나 싶어 봉이 김선달을 바라보았어요. 그리고 귀찮다는 듯 대답했어요.

"옷이오."

그러자 봉이 김선달은 냉큼 상인 앞으로 갔어요. 그리고는 포대에 가득 담긴 잣을 가리켰죠.

"그럼 이건 무엇인가?"

"잣이오."

그러자 봉이 김선달은 잣을 한 움큼 집어 먹었어요. 값비싼 잣을 함부로 먹는 걸 보자 상인은 화가 났지만, 꾹 참았어요.

'돈이 있으니 저렇게 먹는 거겠지. 돈을 내지 않으면 관아에 끌고 가 버릴 테야.'

한참 동안 잣을 먹던 봉이 김선달은 입을 쓱 닦더니 이번에는 자기가 쓰고 있는 갓을 가리켰어요.

"그럼 이게 무엇인지 아는가?"

상인은 이제 어이없다는 표정으로 대답을 했어요.

"갓이오."

그러자 봉이 김선달은 씩 웃더니 돌아서서 가 버렸어요. 그러자 화가 난 상인은 달려가 냉큼 봉이 김선달을 붙잡았죠.

"남의 비싼 잣을 먹었으면 돈을 내야지, 어디 그냥 가!"

하지만 봉이 김선달은 당당하게 말했어요.

"나는 자네가 '오시오'라고 해서 왔고, '자시오'라고 해서 먹었고, '가시오'라고 해서 갔을 뿐이네. 내가 뭘 잘못했단 말인가!"

그러자 상인에게 망신을 당한 사람들이 모두 봉이 김선달의 말이 맞다며 손뼉을 쳤어요. 상인은 그제야 자신이 봉이 김선달의 꾀에 당한 걸 알고 얼굴이 붉어졌어요.

등장인물은 왜 그랬을까?

서민들에게 망신을 준 상인을 골탕 먹이기 위해서였어요.

봉이 김선달은 상인을 어떻게 골탕 먹였을까요?

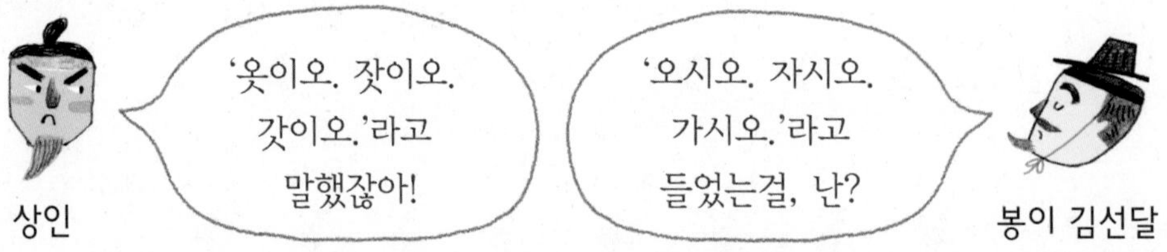

'옷이오, 잣이오, 갓이오'라는 말이 '오시오, 자시오, 가시오'라고 들린다는 걸 알고 골탕을 먹였어요.

이렇게 꾀를 내어 위기를 탈출하는 작품에는 뭐가 있을까요?

예 1) 간을 집에 두고 왔다고 거짓말을 해 위기를 탈출하는 토끼가 나오는 『토끼전』

예 2) 주인을 위해 꾀를 내어 욕심 많은 거인을 물리치고, 부자가 되는 고양이 이야기 『장화 신은 고양이』

교과서 밖 이야기

'햄릿' 이야기 속 등장인물은 왜 그랬을까?

"여기가 아버지의 유령이 나타난다는 곳이 맞느냐?"

덴마크의 왕자 햄릿은 병사의 안내를 받아 낡은 성곽에 섰다. 성내에 파다하게 퍼진 소문 때문이었다. 성곽에서 갑작스레 죽음을 맞이한 자신의 아버지가 유령이 되어 나타난다는 소문. 유령을 믿지 않는 햄릿은 그런 헛소문을 잠재우기 위해 직접 자신이 성곽에서 야간 보초를 서기로 한 것이었다. 하지만 그날 밤, 햄릿은 충격적인 경험을 맞이했다. 정말 갑옷을 입은 자신의 아버지 유령이 그 앞에 나타난 것이었다. 게다가 그 유령이 한 말은 더욱 놀라웠다.

"내 아들 햄릿아, 잘 듣거라. 나는 다른 사람에게 살해당했다. 내가 잠

이 든 사이에 내 귀에 강한 독약을 부은 것이다. 게다가 나를 살해한 범인은 바로 나의 부인과 나의 동생이다! 그 둘에게 복수를 해다오…….”

자신의 어머니와 자신의 삼촌이 아버지를 죽인 범인이라는 사실은 충격적이었다. 햄릿은 이 모든 사실을 부정하려고도 했다.

“분명 내가 아버지의 죽음을 믿을 수 없어서 헛것을 본 것이다…….”

하지만 그 생각은 햄릿의 머리를 떠나지 않았다. 오히려 더욱 강해졌다.

“아버지가 죽은 후, 삼촌 클라디우스는 다급히 왕의 자리에 올랐지. 분명 적국 노르웨이와의 전쟁을 준비하기 위해서라고 했지만, 혹시 자신의 죄가 밝혀지는 것이 두려워서 그런 건 아니었을까. 어머니는 또 어떤가. 내 어머니 거트루트는 아버지의 장례식이 채 끝나기도 전에 삼촌과 결혼했지. 아버지를 사랑했다면 어떻게 그럴 수 있단 말인가.”

햄릿은 점점 삼촌과 어머니가 의심스러웠다. 하지만 섣불리 복수의 칼을 뽑을 수는 없었다. 증거는 단지 유령의 말 한마디뿐이었고, 상대는 덴마크의 왕과 왕비였다. 또 왕과 왕비이기 이전에 자신의 삼촌이자 어머니였다.

‘어떻게 하면 삼촌과 어머니가 죄를 저질렀는지 알 수 있을까?’

그때 햄릿의 귀에 유랑 극단이 성을 찾아왔다는 소식이 들려왔다. 순간 햄릿의 머릿속에 좋은 생각이 떠올랐다.

햄릿은 유랑 극단을 불러 자신이 직접 쓴 희곡을 건네주었다.

"이걸 연습해서 왕 앞에서 공연하도록 하게. 분명 좋아할 걸세."

그 희곡은 다름 아닌 자신의 아버지가 죽던 장면을 그대로 써 놓은 것이었다. 왕이 자고 있을 동안, 왕의 동생이 몰래 다가와 형의 귀에 독약을 붓는 장면까지 모두 들어가 있었다.

드디어 공연이 시작되고 문제의 그 장면이 나왔다. 그러자 삼촌 클라디우스가 얼굴이 창백해져 벌떡 일어나는 게 아닌가.

"공연을 중지하라. 나는 이만 들어가 쉬겠다."

삼촌의 창백한 표정을 본 햄릿은 깨달았다. 그가 자신의 아버지를 죽인 진범이라는 사실을!

등장인물은 왜 그랬을까?

햄릿은 자신의 아버지 유령에게 들은 이야기를 그대로 재연해 연극으로 만들었어요. 그 장면을 보고 삼촌 클라디우스가 놀란다면, 그가 범인이라는 걸 알 수 있기 때문이었어요.

아버지의 복수를 위해 목숨마저 잃는 비극적 영웅, 햄릿

셰익스피어의 4대 비극 중 하나인 『햄릿』은 아버지의 복수를 위해 노력해요. 하지만 삼촌 클라디우스는 그 사실을 알고 먼저 햄릿을 죽이려 하죠. 결국 클라디우스와 햄릿은 같은 자리에서 죽음을 맞이합니다.

5
등장인물의 마음이 변하는 지점은 어디일까?

교과서 속 이야기

'메아리' 이야기 속 등장인물의 마음이 변하는 지점은 어디일까?

<앞의 줄거리>

깊은 산 중턱에 있는 외딴집에서 사는 돌이는 아빠와 누나, 그리고 소와 함께 살았어요. 아무도 없는 산속에서 돌이와 대화를 나누는 친구는 메아리밖에 없었죠. 그런데 한동안 돌이는 메아리와도 놀지 않았어요. 자신을 가장 사랑해 주는 누나가 열다섯이라는 어린 나이에 시집을 가 버린 뒤부터였죠. 그 날부터 돌이는 일도 하지 않고 누나를 그리워하며 눈물만 흘렸어요. 그러던 어느 날, 돌이네 집에 새 식구가 생겼어요.

아버지께서 부르는 소리에 돌이는 겨우 눈을 떴다.

"돌아, 정신이 나니?"

"아버지!"

"그새 네 동생이 하나 났어!"

"아버지! 내 동생이?"

벌떡 일어나자, 아버지께서는 돌이를 안으면서 외양간을 가리키셨다.

"조금 전에 우리 소가 새끼를 낳았어!"

"응? 아버지!"

돌이는 밖으로 쫓아 나갔다. 외양간 안에서 조그마한 새끼 소 한 마리가 누워 있는데, 어미 소는 연해 혀로 털을 핥아 주고 있었다.

"아버지, 어쩌면 저렇게 예쁘장스레 생긴 새끼 소가?"

"인제 저건 네 거야. 큰 소는 내 거고."

돌이는 외양간 안으로 기어 들어가서 송아지를 안아 보았다. 큰 소는 코똥을 핑 뀌면서 돌이를 떠받아 내려고 하였다. 그래도 돌이는 송아지의 몸에서 손을 떼지 않았다. 털이 물에 젖어서 뜨뜨무리하였다. 돌이는 낮에 소를 굶겼던 일을 후회하였다.

"인젠 두고 나와! 너무 가까이 있으면 어미가 안 좋게 생각하니깐."

아버지께서 나오라고 하셨다. 돌이는 그 예쁘장하게 생긴 송아지의 입에다 손을 한번 대 보고 밖으로 나왔다. 돌이는 밖으로 나와서야 비로소 외양간 앞에 등불이 켜져 달려 있고, 앞에 물그릇 놓인 소반이 놓여 있는 것을 알았다.

"아버지, 저 물은 뭘 하는 거지?"

"송아지 잘 크라고 비는 물이야."

인제는 식구 하나가 늘었다.

돌이는 누나가 시집가던 전날 밤처럼 날이 새도록 잠을 자지 않았다. 이번에는 무척 좋고 좋아서였다.

아침에 잠깐 잠이 들었다가 나가서 보니, 송아지는 아버지께서 입으시던 헌 저고리를 덮어 입고 외양간 안을 쫓아다니고 있었다. 털이 빨갰다.

돌이는 아버지께서 지어 주신 감자밥을 가지고 가서 송아지한테 먹여 주려고 하였다. 그러나 큰 소는 송아지를 만질까 하여 그러는지 뿔을 가지고 떠받으려고 하였다.

돌이는 밥을 먹고 나서, 누나가 넘어가던 산마루로 올라가서 길게 소리를 질렀다.

“내 산아-.”

한참 만에 메아리가 “내 산아-.” 하고 대답을 해 왔다.

“우리 집엔 새끼 소 한 마리가 났어-.”

“우리 집엔 새끼 소 한 마리가 났어-.”

"내 동생이야-."

"내 동생이야-."

"허허허-."

"허허허-."

"너도 좋니-?"

"너도 좋니-?"

메아리는 저도 반가운지 같이 흉내를 내어 장난하였다.

돌이는 메아리가 누나 있는 곳에도 가서 그대로 이 소식을 전해 줄 것이라고 생각하였다.

등장인물의 마음이 변하는 지점은 어디일까?

송아지가 태어났을 때예요. 그 전까지 자신을 아껴 주던 누나가 떠나서 슬펐던 돌이는, 새 식구인 송아지가 생기자 기분이 좋아졌답니다.

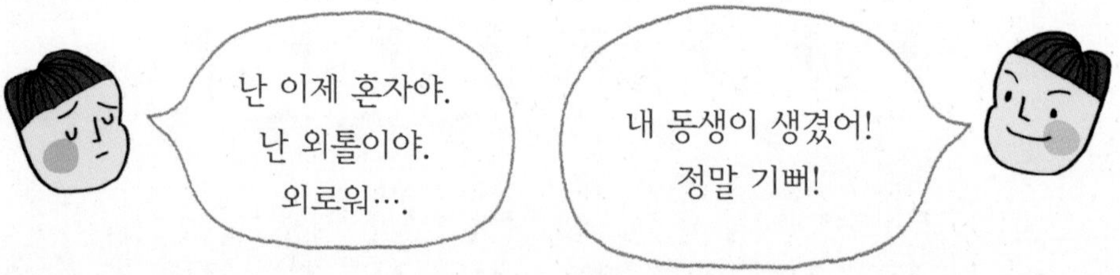

작품 속 주인공이 성장하는 계기를 찾아봐요.

자신이 세상 속에서 외로이 떨어져 있다고 생각한 돌이는, 송아지가 태어나는 걸 계기로 해서 자신과 세상이 연결되어 있다는 걸 깨닫고 기뻐해요. 그래서 한동안 부르지 않던 유일한 친구 '메아리'도 부르고, 그 메아리가 다시 누나와 자신을 이어 줄 것이라고 믿죠.

교과서 속 이야기

'혼자 있어 봐' 동시 속 등장인물의 마음이 변하는 지점은 어디일까?

혼자 있어 봐

이화주

친구와
쌍둥밤처럼
어깨동무하는 것도 좋지만

참새 떼처럼
짹째글 짹째글
몰려다니는 것도 좋지만

가끔씩은
아주 가끔씩은

혼자 있어 봐.

별들의 이야기
엿들을 수도 있고,
입속말하던 시계들이
낭랑한 목소리로 말을 걸어온단다.

그래, 운동장 가슴이 쿵쿵 울리도록
뛰놀던 아이들이 가 버린
늦은 저녁
그네에 혼자 앉아
바람처럼 휘파람을 불어 봐.

거인 같은 운동장이
이웃집 아저씨처럼
너를 번쩍 안아 올려
네 마음의 무게를 재어 주실 테니까.

등장인물의 마음이 변하는 지점은 어디일까?

혼자 있을 때예요. 혼자 있게 되면 그동안 들리지 않던 별들의 이야기와 시계들의 낭랑한 목소리를 들을 수 있다고 해요.

같이 있을 때와 혼자 있을 때는 어떻게 다른가요?

같이 있을 때는 언제나 활기차고 신이 나네요. 혼자 있을 때는 차분한 생각에 빠질 수 있어요. 둘 다 좋은 일이지만, 늘 친구들과 같이 있다면 한 번쯤은 혼자만의 시간을 가지는 것도 좋을 것 같아요.

'원효 대사'의 마음이 변하는 지점은 어디일까?

신라 시대, 어렸을 때부터 총명하기로 이름 높았던 원효는 어린 나이인 열 살 무렵에 이미 불교에 평생을 바치기로 마음먹었어요.

하지만 공부를 하면 할수록 원효는 부족함을 느꼈어요.

"더욱 넓은 세상에 나가 공부를 하고 싶다."

원효는 동료 승려인 의상과 함께 불교가 발달한 당나라를 향했어요. 당나라에 거의 다다르자 밤이 되었어요. 원효는 어두컴컴한 동굴에 누워 잠을 청했죠.

'이제 내일이면 그토록 바라던 당나라에 가는구나.'

그런데 그날따라 모래바람을 맞고 걸어서인지 원효는 목이 말라 어쩔 줄을 몰랐어요. 마침 동굴 안에 놓인 바가지에 물이 담겨져 있는 게 아니겠어요? 원효는 바가지를 들어 물을 벌컥벌컥 마셨죠.

"이야, 정말 꿀맛이로구나. 이렇게 달콤한 물은 내 평생 처음이야."

원효는 물을 실컷 마신 후에야 잠이 들었어요.

다음 날 아침, 눈을 뜬 원효는 깜짝 놀라고 말았어요. 어제 자신이 바가지인 줄 알았던 것은 오래된 해골이었고, 꿀맛 같던 물은 썩은 물이었던 거예요. 원효는 구역질이 올라와서 토악질을 했어요.

그 순간, 원효는 깨달았어요.

"어젯밤에는 물이 달콤했는데, 어찌 오늘 아침에 보니 구역질이 난단 말인가. 이 모든 것은 내 마음이 달라졌기 때문이구나."

원효는 '진리는 결코 밖에서 찾는 것이 아니라 자기 자신에게서 찾아야 한다'라는 깨달음을 얻었어요. 그 깨달음을 얻고 나니, 당나라에 갈 필요도 없어졌죠. 그래서 원효는 의상과 헤어져서 신라로 돌아왔어요.

원효 대사의 마음이 변하는 것은 언제인가요? 원효 대사의 마음이 변하는 지점은 바로 자신이 해골에 담긴 물을 마셨다는 것을 깨달았을 때랍니다.

6

주요 글감은 무엇일까?

교과서 속 이야기

'크리스마스 캐럴'의 주요 글감은 무엇일까?

런던 최고의 구두쇠 스크루지. 그는 돈 버는 일을 유일한 행복으로 여겼어요. 사람들을 만나 어울리거나, 불쌍한 이들을 위해 기부하는 것은 모두 바보 같은 일이라고 생각했어요. 모든 사람이 행복한 크리스마스도, 스크루지에게는 아무 의미 없는 날이었죠.

그런데 크리스마스이브 밤, 스크루지에게 놀라운 일이 생겨요. 이미 7년 전 크리스마스이브에 숨을 거두었던 스크루지의 친구 말리가 유령이 되어 나타난 거예요!

"말리, 대체 왜 내 앞에 나타난 건가?"

스크루지가 떨리는 목소리로 묻자, 쇠사슬을 칭칭 감은 말리의 유령은 소름 끼치는 목소리로 대답했어요.

"나는 살아 있을 때 남을 위해 돈 한 푼 쓰지 않았지. 그 대가로 죽은 후에 이 무거운 쇠사슬을 매고 영원한 고통을 받아야만 해. 스크루지, 자네 역시 이대로 살다가는 나보다 더욱 무거운 쇠사슬을 매야만 할 거야. 그러지 않기 위해, 내가 자네에게 기회를 주러 왔네."

말리는 스크루지에게 밤이 되면 세 명의 유령이 찾아올 거라고 이야기했어요. 그들을 따라가서 길을 찾으라는 말을 남기고 사라졌죠.

새벽 1시를 알리는 시계 종소리가 울리자 스크루지의 앞에 한 유령이 나타났어요.

"반갑다, 스크루지. 나는 과거의 유령이다."

과거의 유령은 스크루지를 데리고 그의 과거로 향했어요. 스크루지는 어린 시절 자신이 얼마나 순수한 마음으로 크리스마스를 기다렸는지 보았어요. 청년이 되었을 때 돈 버는 데만 정신이 팔려 사랑하는 여인과 헤어지는 모습도 보았죠. 그 모습을 보고 있노라니, 스크루지의 마음속에는 후회가 싹텄어요.

'아, 나는 왜 순수함을 잃어버리고, 돈에만 집착하게 되었을까!'

다음으로 스크루지를 찾아온 건 현재의 유령이었어요. 그는 스크루지를 그의 조카네 집으로 데리고 갔어요. 스크루지는 그의 조카를 '돈도 못 벌면서 크리스마스만 좋아하는 한심한 놈'이라며 비난했었죠. 하지만 조카는 스크루지를 원망하지 않았어요. 오히려 크리스마스이브 저녁 식사 자리에서 스크루지의 건강을 기원하며 기도를 올렸죠. 스크루지는 가슴부터 차오르는 따뜻함과 미안함을 동시에 느꼈어요.

'나를 저리도 아껴 주는 내 조카를, 나는 왜 비난했단 말인가!'

마지막으로 찾아온 건 미래의 유령이었어요. 그는 스크루지를 묘

지로 데리고 갔어요. 그 묘지는 겉은 으리으리하지만, 아무도 찾지 않아 몹시 쓸쓸해 보였어요. 스크루지는 혹시나 하는 마음에 그 묘지의 비석을 보았죠. 거기엔 이렇게 쓰여 있었어요.

구두쇠 스크루지, 여기에 잠들다

쓸쓸히 홀로 죽음을 맞는 것이 자신의 미래라는 사실을 알자, 스크루지는 절망에 빠졌어요. 그는 울며 소리쳤죠.

"안 돼! 안 돼!"

순간 그는 눈을 번쩍 떴어요. 스크루지가 일어난 곳은 바로 자신의 침대였어요. 그리고 밖에서는 사람들이 크리스마스 인사를 나누는 활기찬 목소리가 들렸죠. 스크루지에게 벌어졌던 일은 모두 크리스마스이브 하룻밤 동안의 일이었던 거예요!

그 사실을 깨달은 스크루지는 얼른 일어나 옷을 챙겨 입었어요. 할 일이 많았거든요. 불쌍한 사람들을 위해 기부도 해야 했고, 선물 가게에 가서 온갖 선물도 사야 했죠. 그리고 조카를 만나 선물들을 전해 줘야 했으니까요.

문을 나서는 스크루지의 얼굴에는 환한 미소가 피어올랐어요.

『크리스마스 캐럴』의 주요 글감은 무엇일까?

'글감'이란 글을 쓰는 데 도움이 되는 모든 재료를 말해요. 그중에서도 주요 글감이란 주제와 밀접한 연관이 있는 글감을 말하죠. 『크리스마스 캐럴』의 주요 글감은 바로 '크리스마스'와 '유령'이에요. 스크루지에게 벌어지는 모든 일은 크리스마스이브 하룻밤 동안 벌어지죠. 그리고 욕심 많은 스크루지를 변하게 만든 건 친구 말리와 과거, 현재, 미래의 유령들이에요.

왜 크리스마스가 중요할까요?

크리스마스는 모든 사람들의 마음에 '사랑'과 '나눔'이 깃드는 대표적인 날이죠. 하지만 그런 날조차 스크루지는 구두쇠 심보를 보여요. 그런 모습을 통해 우리는 스크루지의 성격을 잘 알 수 있어요. 유령과의 만남 후, 스크루지가 눈을 뜬 건 크리스마스 아침이에요. 새롭게 달라진 스크루지와 크리스마스 역시 잘 어울리지요.

유령도 글감이 될 수 있을까요?

이야기를 풍성하게 만들기 위한 재료라면, 현실이나 환상 어느 것이든 글감이 될 수 있어요. 『크리스마스 캐럴』에서 스크루지는 사람들의 말을 듣지 않는 고집쟁이 노인이었지만, 유령의 말은 무서워서 들을 수밖에 없었죠. 또한 과거, 현재, 미래를 넘나드는 이야기를 쓰기 위해서는 유령이라는 환상적 존재가 글감이 되는 편이 훨씬 좋아요.

교과서 속 이야기

'웃는 기와' 동시의 주요 글감은 무엇일까?

웃는 기와

이봉직

옛 신라 사람들은
웃는 기와로 집을 짓고
웃는 집에서 살았나 봅니다.

기와 하나가
처마 밑으로 떨어져
얼굴 한쪽이
금 가고 깨졌지만
웃음은 깨지지 않고

나뭇잎 뒤에 숨은
초승달처럼 웃고 있습니다.

나도 누군가에게
한 번 웃어 주면
천 년을 가는
그런 웃음을 남기고 싶어
웃는 기와 흉내를 내 봅니다.

「웃는 기와」의 주요 글감은 무엇인가?

옆의 그림은 「웃는 기와」의 주요 글감이 된 웃는 기와의 실제 모습이에요. 이 기와는 지금 전국에 딱 하나밖에 남아 있지 않아요. 그마저도 일제 강점기 때 일본으로 넘어갔다가, 우리나라의 노력으로 되찾을 수 있었다고 해요. 지금 웃는 기와는 신라와 경주의 상징이 되어, 국립경주박물관에서 여전히 우리를 향해 미소를 지어 주고 있답니다. 작가는 신라 시대에 만들어진 웃는 기와가 참 마음에 들었나 봐요. 그래서 그 기와처럼 '천 년을 가는' 웃음을 남기고 싶다고 이야기하네요.

글감을 찾는 방법 – 다르게 보기

그 전에도 웃는 기와를 본 사람은 많았을 거예요. 하지만 그 기와를 주요 글감으로 해서 시를 쓴 사람은 한 명뿐이에요. 왜 그럴까요? 작가는 세상을 바라볼 때 남들과 다르게 보기 때문이에요. 여러분도 좋은 글을 쓰고 싶다면, 세상을 다르게 보려고 노력해 보세요.

7

중심 사건은 무엇일까?

교과서 속 이야기

'능텅 감투' 이야기 속 중심 사건은 무엇일까?

옛날 옛적, 한 남자가 산길을 걷고 있었어요. 이미 해가 진 지 오래였기에 남자는 어서 쉴 곳을 찾으려 했죠. 하지만 인가가 나오지 않자, 남자는 어쩔 수 없이 무덤 옆에서 하룻밤을 지내게 되었어요.

시간이 흘러 남자는 스르르 잠이 들었어요. 그런데 갑자기 인적 없는 산속에서 말소리가 들리는 게 아니겠어요! 남자는 깜짝 놀라 주변을 둘러보았어요. 그 말소리는 바로 무덤 속 귀신들이 나누는 이야기 소리였어요. 남자는 무섭기도 했지만 호기심이 생겨 이야기에 귀를 기울였어요.

"요 아랫마을에 제사를 지낸다는데, 가서 제사 음식이나 먹고 올까?"

"그럼 지금 내 집 앞에 잠을 자는 저 손님은 어떡하지?"

"같이 데리고 가지 그래?"

"그럴까?"

그런 말들이 들리더니 갑자기 무덤에서 하얀 모습을 한 귀신들이 쑥 하고 나왔어요. 그중 한 귀신이 남자에게 다가와 머리 위에 무언가를 씌워 줬어요. 그것의 정체는 바로 사람들의 눈에 보이지 않게 해 주는 능텅 감투였죠.

남자는 귀신들을 따라 산 아랫마을에서 가장 큰 기와집으로 향했어요. 기와집의 안방에서는 사람들이 모여 제사를 지내고 있었어요. 남자는 귀신과 함께 방 안으로 들어갔어요. 하지만 능텅 감투를 쓰고 있어서인지, 방 안에 모인 사람들은 아무도 남자를 알아보지 못했어요. 남자는 신이 나서 귀신들과 함께 제사상에 차려진 음식을 집어 먹었어요. 그런데 이상하게도 귀신은 아무리 음식을 먹어

도 없어지지 않는데, 남자가 집어 먹는 음식은 바로 없어지는 거예요. 제사를 지내던 사람들은 그 모습을 보고 놀라 어쩔 줄 몰라 했어요. 하지만 남자는 신경 쓰지 않고 음식을 모두 집어 먹었어요.

남자가 음식을 모두 먹을 때쯤, 새벽이 되었어요. 귀신들은 해가 뜨기 전에 무덤으로 돌아가야 했죠. 남자도 그 뒤를 따라갔어요. 그런데 그때 남자에게 좋은 생각이 떠올랐죠.

'이 능텅 감투를 내가 가져야겠다.'

남자는 능텅 감투를 쓴 채 무덤 반대편으로 냅다 달렸어요. 귀신들이 능텅 감투를 내놓으라고 소리를 질렀지만, 남자는 뒤도 돌아보지 않았죠.

집에 돌아온 남자는 능텅 감투를 쓰고 제사가 열리는 집을 찾아다녔어요. 가서 마음껏 음식을 먹고, 사람들이 놀라는 모습을 보며 웃기도 실컷 웃었죠. 그러던 어느 날, 남자가 능텅 감투를 놓고 집을 비운 사이, 남자의 아내가 그걸 보았어요.

"이 다 떨어져서 너덜너덜한 감투는 뭐람? 아유, 더러워라."

아무것도 모르는 아내는 능텅 감투를 불에 태워 버렸어요. 능텅 감투는 재가 되어 버렸죠.

남자는 집에 돌아와 그 사실을 알고는 땅을 치며 안타까워했어요. 그러다 혹시나 하는 마음에 옷을 모두 벗고 맨몸에 능텅 감투의 재를 발랐어요. 그러자 놀랍게도 남자의 몸이 보이지 않는 게 아니겠어요.

남자는 얼른 큰 제사가 벌어진 이웃 마을로 가서 음식을 먹기 시작했어요. 한창 신나게 음식을 먹고 있는데, 큰 문제가 생겼어요. 손에 있던 재가 벗겨져서, 손만 보이기 시작한 거예요. 제사를 지내던 사람들은 허공에 둥둥 떠 있는 손을 보자 깜짝 놀랐어요.

"저 손은 뭐길래 남의 제사 음식을 훔쳐 가는 게냐!"

사람들은 남자의 손을 향해 달려들었어요. 남자의 몸에 묻은 재는 모두 벗겨지고, 알몸의 남자 모습이 드러났죠. 남자는 제삿밥 도둑으로 흠씬 얻어맞고, 온 동네에서 창피를 당했어요.

「능텅 감투」의 중심 사건은 무엇일까?

남자가 능텅 감투의 재를 몸에 바르고 제삿집에 갔다가, 재가 벗겨져 혼쭐이 난 사건이에요. 이야기는 여러 가지 사건들의 흐름으로 이루어져요. 그 중에서 주제를 드러낼 수 있는 사건을 이야기의 '중심 사건'이라고 해요. 남자가 제삿집에서 혼쭐이 나는 장면을 보면 '욕심을 부리면 혼이 난다'라는 이야기의 주제가 나타나죠.

「능텅 감투」의 중심 사건을 바꿔 봐요.

중심 사건을 바꾸면 이야기의 주제도 바뀌어요. 만약 중심 사건이 '능텅 감투를 얻은 남자가 모습을 감추고 탐관오리를 혼내서 나라의 영웅이 되었다'라고 한다면, 이야기의 주제도 '정의로운 마음을 지닌 자는 그에 따른 보상을 받는다'로 바뀌죠. 여러분들도 한번 「능텅 감투」의 중심 사건을 여러분들이 원하는 이야기로 바꿔 봐요.

중심 사건 :

주제 :

교과서 속 이야기

'병아리 싸움' 동시 속 중심 사건은 무엇일까?

병아리 싸움

도종환

마당을 가로질러 가다가
다리가 부딪쳤다고
눈 부라리고 깃털 곧추세우며
"어쭈, 해보겠다는 거야!"
"그래, 한번 붙어 보자 이거지?"
날개를 푸드덕거리고
어깨를 툭툭 치기도 하다가
그냥 보리수나무 밑으로 간다.
붙었다고 꼭 싸우는 건 아니다.
그냥 한번 기 싸움 해 보는 거다.

하루가 멀다 하고 툭탁거리지만
그렇다고 꼭 싸우는 건 아니다.
나무 밑에서 쉴 때는 같이 쉬고
잠자리 쫓아 달려갈 때도 같이 간다.

「병아리 싸움」의 중심 사건은 무엇일까?

병아리들이 싸우는 사건이에요. 마당에서 병아리들이 날개를 푸드덕거리며 다투는 모습을 보고, 마치 아이들의 귀여운 싸움처럼 표현했어요.

병아리들은 늘 싸우기만 하나요?

그렇지는 않아요. 나무 밑에서 같이 쉬기도 하고, 잠자리를 같이 쫓기도 해요. 하지만 서로 싸우는 모습이 가장 재미있는 사건이기에, 중심 사건으로 선택한 거예요.

8

갈등 해결의 계기는 무엇인가?

교과서 속 이야기

'송아지가 뚫어 준 울타리 구멍' 이야기 속에서 갈등 해결의 계기는 무엇인가?

<앞의 줄거리>

엄지와 구만이는 솔가지로 엮어 놓은 울타리 하나를 사이에 둔 이웃사촌이에요. 그래서 어렸을 때부터 울타리 구멍을 통해 서로의 집에 놀러 가며 친하게 지냈죠. 그러던 어느 날, 엄지네와 구만이네 엄마 소가 동시에 새끼를 가져요. 그런데 엄지네 엄마 소가 먼저 송아지를 낳자 구만이는 약이 바짝 올라요. 그래서 송아지가 귀엽다고 뽐내는 엄지와 싸우고, 울타리 구멍까지 막아 버리죠.

사흘 후, 구만이네 엄마 소도 송아지를 낳아요. 구만이는 신이 나서 엄지에게 알리려 하지만, 이미 화가 난 엄지는 구만이를 보지 않죠. 그 전까지 최고의 친구였던 구만이와 엄지는 서로를 흉보며 점점 사이가 나빠져요.

과연 구만이와 엄지는 다시 친해질 수 있을까요?

그런 어느 날입니다. 구만이가 부리나케 학교에서 돌아와 보니 송아지가 두 마리였습니다. 똑같은 두 놈이 구만네 엄마 소의 젖을 빨아 먹고 있었습니다.

한 마리는 엄지네 송아지였습니다. 울타리 구멍을 빠져나와 구만네 집으로 온 것이 분명하였습니다.

'그런데 누가 뚫어 놓았을까? 저 울타리 구멍…….'

구만이는 살그머니 울타리 구멍으로 엄지네 집을 살펴보았습니다. 아무도 없었습니다. 엄지네 엄마 소도 보이지 않았습니다. 모두 들일을 나갔나 봅니다.

구만이는 비로소 방그레 웃음이 떠올랐습니다. 이제 알 만한 것입니다. 모두 들일을 나가 버린 뒤, 엄지네 송아지만 혼자서 집을 지키고 있어야 하였습니다. 심심하였습니다. 또, 젖이 먹고 싶었습니다. 그래서 음매, 음매, 혼자서 울고 있는데, 구만네 송아지가 울타리 구멍을 뚫고 달려왔습니다.

"얘, 울지 마. 우리 집에 가서 나하고 놀자, 응?"

하고 달래며 엄지네 송아지를 데리고 온 것입니다. 그러니까 조금도 다투지 않고 저렇게 정답게 젖을 빨고 있는 것입니다.

송아지 젖 빠는 모습이란 정말 우스꽝스럽습니다. 얌전히 빨면 젖이 잘 나오지 않는 모양입니다. 연방 조그만 머리로 엄마 소의 젖통을 쿡쿡 치받으며 쪼옥 쪽 빨아 당기고는 하는 것입니다. 그래도 엄마 소는 꿈쩍도 하지 않습니다. 아무리 사납게 치받아도 한결같이 흐뭇한 얼굴입니다.

그런데 어느 놈이 엄지네 송아지인지 알 수가 없었습니다. 크기도 똑같고, 털 빛깔도 똑같고, 젖 빠는 모습까지 똑같은 것입니다.

정말 아무리 지켜봐도 알 수가 없어 구만이가 바보처럼 멍하니 바라보고 있는데, 어느새 돌아왔는지 엄지 목소리가 들려 왔습니다.

"구만아, 우리 송아지 못 봤니?"

하다 말고,

"어? 네 집에 갔구나!"

하며 엄지는 울타리 구멍으로 고개만 내밀고 멀뚱멀뚱해 있었습니다. 선뜻 구만네 집으로 들어오기가 어쩐지 쑥스러운 것입니다.

"그래, 우리 집에 와 있어. 빨리 와 봐."

구만이가 웃으며 소리치자, 엄지도 마주 웃으며 달려왔습니다.

하지만, 엄지도 자기네 송아지를 모르겠답니다.

"난 암만 봐도 모르겠는데."

구만이가 고개를 갸웃거렸습니다.

"정말 나도 모르겠어. 똑같구나. 꼭 쌍둥이 같아."

엄지도 고개만 갸웃거렸습니다.

마침내 엄지네 송아지를 찾아낸 것은 해 질 무렵이 되어서였습니다. 들일을 마친 엄지네 엄마 소가 마당으로 들어서며 '음매' 하고 우렁차게 운 순간입니다. 그때까지 구만네 마당에서 뛰어놀고 있던 송아지 한 마리가 느닷없이 울타리 구멍으로 빠져나간 것입니다.

그런 일이 있고부터 울타리 구멍은 다시 막히지 않았습니다.

「송아지가 뚫어 준 울타리 구멍」에서 갈등이 해결되는 계기는 무엇인가?

엄지와 구만이는 둘도 없는 친구 사이였다가, 우연한 일을 계기로 사이가 멀어지죠. 이런 둘의 갈등이 해결되는 계기는 바로 엄지네와 두만이네의 송아지 때문이에요. 자신들이 막은 울타리 구멍을 뚫고 만나서 사이좋게 젖을 빠는 송아지들의 모습을 본 구만이와 엄지는 자연스레 화해를 했죠.

이야기 속 인물들은 왜 그렇게 갈등을 일으키고 화해할까요?

이야기 속의 인물들은 꼭 싸우는 경우가 많죠. 왜 그럴까요? 가장 큰 이유는 그런 갈등을 통해 이야기에 흥미를 불러일으키기 위해서예요. 세상에서 가장 재미있는 구경이 '싸움 구경'이라고 하죠? 소설 속 인물들의 싸움이 어떻게 될지 궁금하게 만들어 이야기를 읽게 하는 거예요. 그리고 그렇게 싸우던 인물들이 마지막에 화해하며 갈등을 해소하는 모습에서 이야기의 주제가 드러나요.

갈등이 생겨난 계기와 해결되는 계기가 같다?

「송아지가 뚫어 준 울타리 구멍」에서 원래 친했던 엄지와 두만이는 엄지네 집 송아지가 먼저 태어나자 사이가 틀어지죠. 하지만 결국 송아지의 모습을 보며 다시 화해하며 예전보다 훨씬 더 친한 친구가 돼요. 그러니 엄지와 두만이가 싸우는 계기도 송아지 때문이고, 화해하는 계기도 송아지 때문이에요. 어때요, 재밌지 않나요?

교과서 밖 이야기

'옹고집전' 이야기 속에서 갈등 해결의 계기는 무엇인가?

옛날 어느 마을에 옹고집이라는 사람이 살았어요. 옹고집은 마을에서 이름 높은 부자였지만 소문난 구두쇠였죠.

옹고집에게는 병든 어머니가 있었어요. 그런데 옹고집은 어머니를 위해 약을 짓기는커녕, 밥도 잘 주지 않았어요. 어차피 돌아가실 건데, 뭐하러 비싼 약을 사느냐는 것이었죠.

옹고집의 악행에 대한 소문은 멀리 멀리 퍼져 나가, 산속에서 수행을 하던 도력 높은 도사의 귀에까지 닿았어요.

'그런 불효자가 세상에 있다니. 내 가만히 있을 수 없군.'

도사는 허수아비 하나를 만들더니 주문을 외우기 시작했어요.

이튿날, 옹고집의 집이 발칵 뒤집어졌어요. 두 명의 옹고집이 서로 자기가 진짜 옹고집이라고 싸우기 시작한 거예요.

두 옹고집은 생긴 모습부터 점의 위치까지 모두 똑같았어요. 그래서 옹고집의 부인과 아들도 누가 진짜 옹고집인지 가려낼 수가 없었죠. 결국 두 옹고집은 관아로 향했어요.

관아의 사또는 옹고집의 족보를 펴 놓고, 두 옹고집에게 질문했어요.

“너희들의 가족에 대해 이야기해 보거라.”

그러자 한 옹고집이 입을 열었어요.

“제 아버지 성함은 옹송이고, 할아버지 성함은 만송이옵니다.”

두 번째 옹고집이 끼어들었어요.

“제 아비의 성함은 옹송이온데 관직으로 절충장군을 지내셨고, 할아버지의 성함은 만송이온데 관직으로 오위장을 지내셨고, 증조할아버지의 성함은 맹송입니다. 제 고향은 해주이고, 제 부인은 진주 최씨입니다. 제 아들의 이름은 옹골인데 지금 열아홉이옵니다. 그리고 하인으로 돌쇠가 있사옵니다.”

사또는 무릎을 딱 쳤어요.

“두 번째가 진짜 옹고집이구나. 여봐라, 거짓말을 한 가짜 옹고집을 묶어서 곤장을 매우 쳐라!”

그렇게 대답을 제대로 하지 못한 옹고집은 곤장을 맞고 쫓겨났어요.

하지만 사실은 사또가 진짜라고 판단한 두 번째 옹고집은 도사가 만든 허수아비였답니다. 도사가 허수아비를 옹고집과 똑같이 만들어 놓고, 그의 집 족보까지 머릿속에 넣어 둔 것이죠.

진짜 옹고집은 모든 재산을 빼앗긴 채 거지가 되어 구걸을 하며 살았어요. 그제야 진짜 옹고집은 화목한 가족의 모습을 보며, 자신

이 어머니에게 얼마나 못되게 굴었는지 깨달았답니다.

"내가 대체 왜 그랬을까……. 어머니가 보고 싶다."

"이제야 네가 정신을 차렸구나."

옹고집이 놀라 소리 나는 쪽을 보니, 도사가 서 있었어요. 도사는 옹고집에게 부적을 건넸어요.

"그 부적을 가지고 집으로 돌아가거라."

그 말을 마치고 도사는 순식간에 사라져 버렸어요.

옹고집이 부적을 들고 집으로 돌아갔어요. 그러자 하인들은 또 가짜가 왔다며 그를 내쫓으려 했죠. 그런데 갑자기 방 안에서 부인의 비명 소리가 울려 퍼졌어요. 부적의 힘으로 가짜 옹고집이 다시 허수아비로 변한 것이었죠.

정신을 차린 진짜 옹고집은 어머니께 효도하고 착한 일을 하며 여생을 보냈답니다.

『옹고집전』에서 갈등이 해결되는 계기는 무엇인가?

두 가지 계기가 있어요. 내적인 계기와 외적인 계기. 내적 계기는 옹고집이 과거의 잘못을 뉘우치는 것이고 외적 계기는 도사가 옹고집에게 부적을 주는 것이에요.

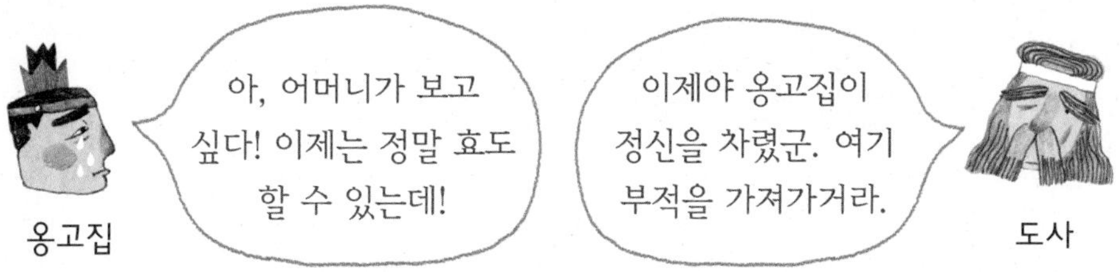

내적 계기와 외적 계기, 어떻게 다른가요?

내적 계기는 주인공의 마음의 변화를 보여 줘요. 그 마음 변화가 바로 주제와 연결되죠. 『옹고집전』의 주제는 '착한 일을 하면 복을 받고, 나쁜 일을 하면 벌을 받는다'죠. 이제 옹고집은 내적 계기를 통해 진정한 착한 인물로 거듭났어요. 외적 계기는 이야기 속의 갈등을 해결해 주죠. 도사가 건네준 부적 때문에 가짜 옹고집은 사라지고, 진짜 옹고집은 자신의 가족과 재산을 되찾을 수 있었죠. 이야기 속에서 정말 중요한 건 내적 계기예요. 만약 옹고집의 마음이 변하지 않았다면, 도사가 부적을 주지도 않았을 테니까요. 『옹고집전』의 예에서 알 수 있듯, 주인공의 마음이 변하는 내적 계기가 일어나야지만 갈등을 해결할 수 있는 외적 계기가 나타난답니다.

『옹고집전』의 이야기에 걸맞는 고사성어는?

권선징악(勸善懲惡). '착한 일은 권하고, 나쁜 일은 벌을 준다'라는 뜻이에요. 대부분의 옛날이야기는 모두 권선징악을 주제로 쓰였어요.

9
인상 깊은 장면은 어디일까?

교과서 속 이야기

'우정에 대하여'에서 인상 깊은 장면은 어디일까?

〈앞의 줄거리〉

작가인 아버지는 아들과 함께 아흔아홉 굽이라고 알려진 대관령 고개를 걸어요. 그러면서 아버지와 아들은 수많은 이야기를 나누어요. 그중 서른다섯 굽이 고개를 걷던 중, 아버지와 아들은 '우정'에 대한 이야기를 나눠요.

아들은 어떤 친구가 좋은 친구인지에 대해 아버지에게 물어봐요.

"아버지, 친구는 꼭 서로 나이나 수준이 맞아야 되는 것은 아니지요?"

"어떤 수준 말이냐?"

"공부도 그렇고 생각하는 것도 그렇고요."

"옛말에 보면 친구는 위로 보고 사귀고, 혼인은 아래로 보고 하라는 말이 있어. 하지만, 아버지는 이 말이 잘못되었다고 생각한다.

이 말은 이왕이면 좋은 친구를 사귀라고 한 말이었을 거야. 친구를 사귈 때 모두 위로 보고 사귀면, 아래에 있는 친구는 자기보다 나은 친구를 사귀고 싶어도 평생 그런 친구를 사귈 수 없지 않겠니?"

"그럼 어떻게 해요?"

"친구에게 배울 점을 찾으라는 이야기인 거야. 또, 나쁜 친구를 사귀게 되면 함께 나쁜 생각과 나쁜 행동을 하게 되는 것도 사실이고. 더구나 너희처럼 자라날 때는 말이지. 그렇지만 어른이 되면 내가 외롭거나 어려울 때에 서로 믿고 도울 수 있고, 또 당장 어렵거나 외롭지 않더라도 곁에 있는 것만으로도 위로가 되고 큰 힘이 될 수 있는 친구가 가장 좋은 친구란다. 서로 붙어 다니며 놀기만 좋아하는 친구보다 이다음에 서로 믿고 돕고 위로하며, 서로 힘이 될 수 있는 그런 친구를 사귀라는 뜻이야."

"아버지께는 그런 친구분이 계신가요?"

"아버지가 자신 있게 그렇게 해 줄 수 있는 친구는 있단다."

"그럼 그 친구분도 아버지를 위하여 그렇게 해 주실 거예요."

"전에 성률이 아버지가 눈길에 이 길로 우리를 할아버지 댁에 데려다주었잖니?"

"네, 설날 눈이 많이 올 때요."

"성률이 아버지가 대목인데도 자기 일을 하지 않고 우리를 데려다주러 왔던 거야. 서울에서 열네 시간 동안 이 길을 넘어왔다가 그 길로 다시 쉬지도 않고 열 시간 동안 이 길을 넘어가고. 그때, 아버지가 한창 돈을 벌어야 할 대목에 일을 못 했다며 택시비를 주려고

하니까 성률이 아버지가 뭐라고 했는 줄 아니?"

"안 받으시겠다고요."

"그냥 안 받은 게 아니라 나는 네가 친구이니까 죽음을 무릅쓰고 눈길을 넘어온 건데, 너는 왜 그걸 꼭 돈으로만 계산하려고 하느냐고 그랬단다. 그래도 돈을 벌어야 하는 차가 아니냐고 하니까, 너는 글을 쓸 때마다 돈을 생각하며 쓰느냐고 하며 오히려 아버지를 부끄럽게 하였지."

"성률이 아버지도 아버지께 참 좋은 친구분이시네요. 그렇지요?"

"아버지는 어디 가서 친구 이야기를 하면 꼭 익현이 아버지와 성률이 아버지 이야기를 한단다."

「우정에 대하여」에서 가장 인상적인 장면은 어디일까?

아버지가 친구인 성률이 아버지에게 택시비를 주려 하자, 성률이 아버지가 '왜 그걸 꼭 돈으로만 계산하느냐'고 이야기한 장면이에요.

그 장면이 가장 인상적인 이유는 무엇일까요?

손님을 태워 돈을 버는 택시 기사가 직업이면서도, 친구에게는 돈을 받지 않으려 하는 성률이 아버지. 그 모습이 바로 진정한 우정이라고 느껴지기 때문이에요. 이처럼 우정에 대해 설명하는 것보다, 우정이 느껴지는 장면을 보여 주는 게 독자가 주제를 깨닫는 데 훨씬 도움이 된답니다. 그래서 속담에도 '백문(百聞)이 불여일견(不如一見)', 즉 '백 번 듣는 것보다, 한 번 보는 것이 훨씬 낫다'라는 말이 있잖아요.

교과서 속 이야기

'돌아오는 길' 속에서 인상 깊은 장면은 어디일까?

돌아오는 길

박두진

비비새가 혼자서
앉아 있었다.

마을에서도
숲에서도
멀리 떨어진,
논벌로 지나간
전봇줄 위에,

혼자서 동그마니
앉아 있었다.

한참을 걸어오다
되돌아봐도,
그때까지 혼자서
앉아 있었다.

「돌아오는 길」에서 가장 인상적인 장면은 어디일까?

비비새가 전봇줄 위에 혼자 앉아 있는 장면이에요. 그 장면을 본 아이에게는, 비비새가 몹시 외로워 보였나 봐요. '멀리 떨어진'이나 '혼자서' 같은 단어들에서 외로움이 묻어나네요.

시와 심상

동시를 읽다 보면 마음속에 여러 그림이 그려져요. 그것은 빛깔이나 모양, 소리, 냄새, 맛, 촉감 등의 감각적인 느낌이기도 하고, 또 외로움이나 기쁨과 같은 추상적인 느낌이기도 하죠. 이것을 '마음에 그려지는 그림'이라는 뜻의 심상이라고 불러요. 비비새가 홀로 앉아 있는 장면에서는 '외로움'이라는 심상이 느껴진답니다.

『그리스 로마 신화』 속에서 인상 깊은 장면은 어디일까?

『그리스 로마 신화』를 보면 최고의 음악가 오르페우스와 그의 아내 에우리디케의 이야기가 나와요.

에우리디케가 독사에게 물려 죽음을 맞이하자 오르페우스는 큰 슬픔에 빠지죠. 아내를 구하기 위해 동굴을 통해 저승으로 내려간 오르페우스는 하프로 슬픈 음악을 연주해요. 그 음악에 감동한 저승의 신 하데스는 에우리디케를 풀어 줘요. 하지만 조건을 내걸죠.

"만약 이승에 도착하기 전 아내의 얼굴을 본다면, 네 아내는 영원히 저승에 머물게 될 것이다."

오르페우스는 그 말을 듣고 이승으로 올라오는 동안 절대 뒤따라오는 에우리디케를 돌아보지 않죠. 하지만 동굴 입구를 나서는 순간 너무 기뻐서 자신도 모르게 뒤돌아봐요. 에우리디케가 동굴에서 나오기 직전에 말이죠.

그 순간! 에우리디케는 다시 저승으로 끌려가고, 저승문은 닫혀 버려요. 오르페우스는 너무도 슬퍼 눈물을 펑펑 흘리지만, 한 번 닫힌 저승문은 다시 열리지 않죠.

이 슬픈 사랑 이야기는 수많은 화가들의 마음을 흔들었어요. 그들은 오르페우스와 에우리디케의 이야기를 토대로 여러 그림을 그렸죠.

그런데 재미있는 건 화가들이 그린 장면이 모두 다르다는 거예요.

프랑스 화가 장 라우가 그린 「오르페우스와 에우리디케」예요. 저승에서 죽은 자들을 피해 빠져나가는 오르페우스와 에우리디케의 장면을 그렸어요. 미국 LA의 폴 게티 미술관에서 볼 수 있어요.

독일 출신의 화가가 그린 「오르페우스와 에우리디케」예요. 오르페우스가 실수로 돌아본 직후, 저승으로 끌려가는 에우리디케와 그녀를 잡으려 하는 오르페우스를 그렸어요. 덴마크 코펜하겐의 글립토테크 미술관에서 볼 수 있어요.

프랑스 화가 알렉상드르 스옹이 그린 「오르페우스의 통곡」이에요. 에우리디케가 저승으로 끌려가고 저승문이 닫히자, 그 앞에서 통곡하는 오르페우스의 모습을 그렸어요. 프랑스 파리의 오르세 미술관에서 볼 수 있어요.

화가들은 모두 똑같은 오르페우스와 에우리디케의 이야기를 들었어요. 하지만 가장 인상적이라고 느낀 장면은 모두 달랐던 거죠.

이번에는 같은 장면을 다른 느낌으로 그린 또 다른 그림을 살펴 볼까요?

예수 그리스도는 은전 30냥에 자신을 팔아 버린 제자 유다 때문에, 로마군에게 잡혀 십자가에 못 박히는 끔찍한 형벌을 받아요. 그 강렬한 순간을 수많은 화가들이 화폭에 담았죠.

그중 17세기 바로크 시대를 대표하는 벨기에 화가인 루벤스와, '빛의 화가'라는 수식어가 따라다니는 네덜란드의 화가 렘브란트의 그림이 가장 유명해요. 하지만 이 두 그림은 정말 비슷해 보이면서도, 다르답니다. 한번 볼까요?

루벤스가 17세기경에 그린
「십자가에서 내려지는 예수」예요.
강렬한 색감과 역동적인 몸짓이 특징이에요.
루벤스는 교회에 들어선 신도들이
격정적인 감동을 선사받길 원했어요.

렘브란트가 17세기경에 그린
「십자가에서 내려지는 예수」예요.
루벤스의 그림과는 정반대로 조용하고
쓸쓸한 느낌마저 들죠. 하지만 가만히 보고
있으면 잔잔한 감동이 밀려와요. 너무도
인간적인 예수 그리스도의 모습이
표현되었어요.

이렇게 같은 이야기를 읽거나 같은 사건을 접해도, 그 이야기를 접하는 사람의 생각에 따라 인상적인 장면은 다를 수 있답니다. 그런 시선의 차이는 때로 이렇게 아름다운 작품들을 만들어 내기도 해요. 모두가 똑같은 장면만 그린다면, 재미없지 않겠어요?

10

이야기를 시간 순서대로 놓으면 어떻게 될까?

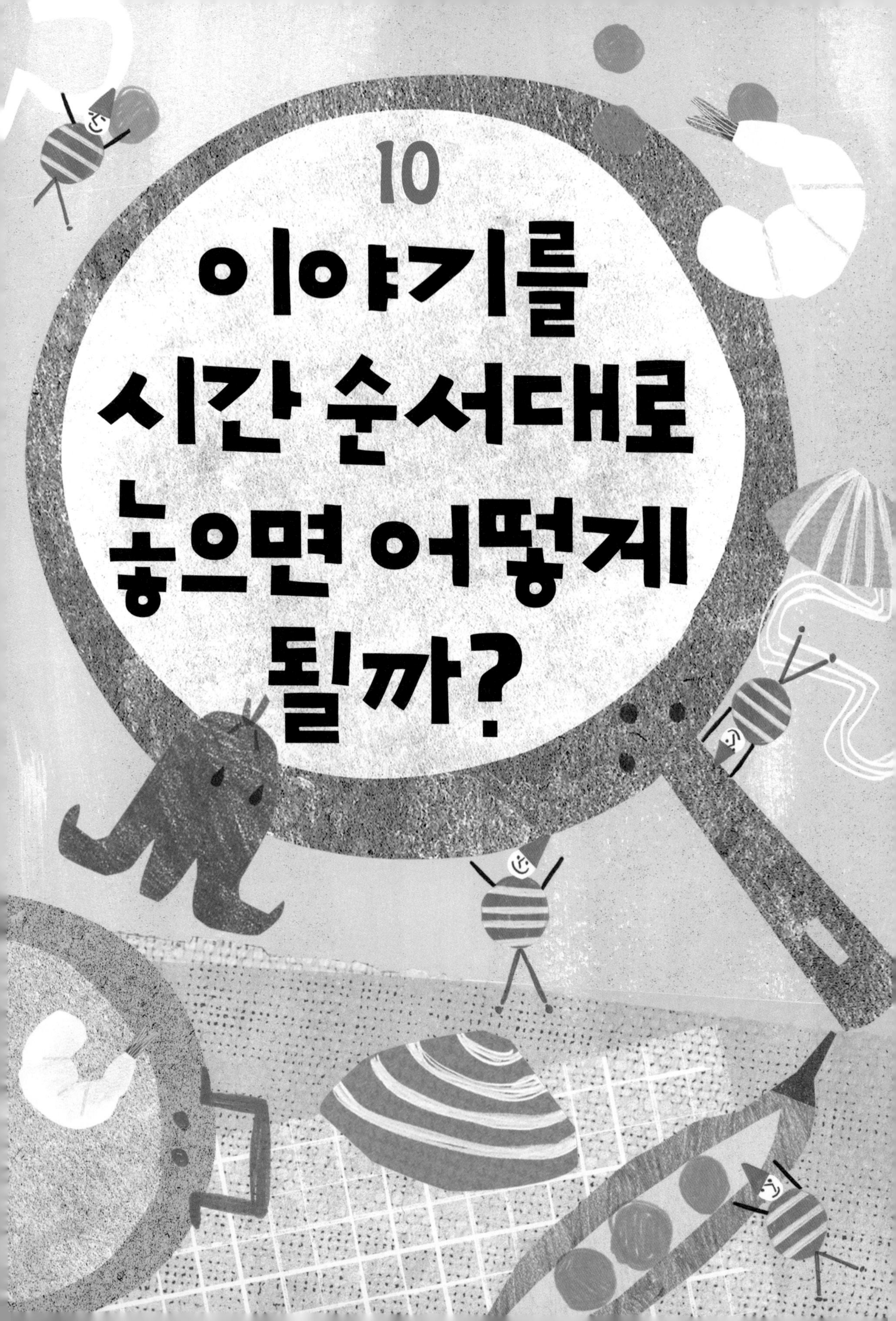

교과서 속 이야기

'검정 풍선' 이야기를 시간 순서대로 놓으면 어떻게 될까?

이야기 하나

"어? 풍선이다."

"잡아, 잡아!"

아이들이 날아간 풍선을 잡으려고 우르르 몰려들었습니다.

"어? 어……."

하늘로 날아간 풍선은 아이들의 시선을 한꺼번에 집중시켰습니다. 풍선을 잡지 못한 아이들이 모두 몰려와 에워싸자 흥이 난 풍선 장수 위그든 씨는 파란 풍선, 노란 풍선, 하얀 풍선을 하나씩 날려 보냈습니다. 차례차례 날아오른 풍선들은 드넓은 하늘로 높이높이 올라갔습니다.

"와, 하늘까지 가겠다."

풍선은 이내 까만 점으로 변하여 사라져 갔습니다.

"아저씨, 풍선 주세요."

"저도요."

"저도요."

풍선은 불티나게 팔렸습니다.

아이들이 너도나도 위그든 씨에게 달려들었습니다. 그런데 저만치에 한 흑인 소년이 서서 물끄러미 이 광경을 바라보기만 하였습니다. 위그든 씨는 그 소년의 눈빛이 어디인지 모르게 슬퍼 보여 마음이 쓰였습니다.

이야기 둘

오늘도 위그든 씨는 어김없이 공원에 나타났습니다. 위그든 씨가 미국 디트로이트의 작은 마을에서 풍선을 팔기 시작한 지 어느덧 십여 년의 세월이 흘렀습니다. 단골손님은 동네 아이들이었습니다. 위그든 씨가 빨강, 파랑, 노랑, 하양 등 색색이 고운 풍선을 작은 차에 주렁주렁 매달아 공원에 나타나면 아이들은 신이 나서 위그든 씨의 뒤를 쫓기 바빴습니다.

위그든 씨의 작은 차에 매달린 알록달록한 풍선들은 맑은 아침 햇살을 받아 다른 날보다 더욱 아름답게 빛났습니다. 하지만, 오늘따라 왠지 아이들은 노는 데 정신이 팔려 풍선 따위는 관심이 없는 것처럼 보였습니다. 재주가 좋은 위그든 씨는 아이들의 마음을 사기 위하여 빨간 풍선을 하늘로 날려 보냈습니다. 위그든 씨의 짐작은 오늘도 잘 맞아떨어졌습니다.

이야기 셋

아이들이 모두 하나씩 풍선을 사 들고 간 뒤, 아까부터 물끄러미 그 광경을 바라보던 슬픈 눈빛의 소년이 위그든 씨에게 다가갔습니다.

“저, 아저씨. 한 가지 궁금한 것이 있는데요?”

“그래? 그것이 뭐지?”

소년은 알록달록한 풍선 옆에 매달린 검정 풍선을 가리키며 말하였습니다.

“아저씨께서 만일 이 검정 풍선을 하늘로 띄워 보내면 이것도 다른 풍선처럼 높이 날 수 있나요?”

위그든 씨는 곰곰이 생각한 뒤에 말없이 고개를 끄덕였습니다. 그러고는 꽁꽁 묶어 두었던 검정 풍선들을 모조리 풀었습니다. 끈이 풀린 검정 풍선들이 한꺼번에 모두 하늘로 날아오르기 시작하였습니다.

소년은 검정 풍선들이 다른 풍선들과 똑같이 날아올라 점으로 사라질 때까

지 눈을 떼지 못하였습니다. 위그든 씨는 소년의 어깨를 감싸며 말하였습니다.

“얘야, 하늘을 날게 만드는 것은 풍선의 색깔이 아니라 그 안에 든 것이란다.”

“아, 네.”

그 순간 소년의 얼굴이 환해졌습니다. 위그든 씨의 지혜가 소년의 슬픔까지 모두 날려 보낸 것입니다.

「검정 풍선」을 시간 순서대로 배열하면 어떻게 될까?

이 이야기는 크게 세 부분으로 나뉘어요.

①	위그든 씨가 하늘로 날린 풍선을 보고 공원의 아이들이 모두 몰려와 풍선을 사는 동안, 위그든 씨는 그 모습을 지켜보는 슬픈 표정의 흑인 아이가 마음에 걸려요.
②	디트로이트의 작은 마을 공원에서 십여 년 동안 풍선을 판 위그든 씨는 오늘따라 아이들이 풍선에 관심이 없자 풍선을 하늘에 띄워 아이들의 시선을 끌기로 마음먹죠.
③	슬픈 표정의 흑인 소년이 다가와 검정 풍선도 하늘을 날 수 있냐고 묻자, 위그든 씨는 검정 풍선을 하늘로 날리는 걸 보여 주며 소년을 위로해요.

이 이야기는 ①→②→③의 순서로 쓰였지만, 시간 순서로 보면 ②→①→③인 걸 알 수 있죠.

왜 시간 순서대로 쓰지 않았을까요?

만약 이 이야기를 시간 순서대로 썼다면, 위그든 씨가 풍선을 많이 팔기 위해 풍선을 날리는 이유가 길게 나왔을 거예요. 하지만 그 장면은 이야기의 주제와 상관이 없어서 지루하게 느껴질 수 있죠. 풍선을 날리는 장면부터 시작하면, 독자의 시선을 한 번에 끌 수 있어 이후의 장면이 어떻게 될지 궁금증을 더하죠.

교과서 속 이야기

'길' 동시를 시간 순서대로 놓으면 어떻게 될까?

길

김종상

길은
포도 덩굴.

몇백 년을 자라서
땅덩이를 다 덮었다.

이 덩굴
가지마다

포도송이 같은
마을이 있고

포도알 같은
집들이 달렸다.

포도알이 늘 때마다
포도송이는 자꾸 커 가고

갈봄 없이
자라기만 하는
이 덩굴을 통하여

사람과 사람이 도와 가고
마을과 마을이 이어져서

세계가
한 덩이로 되었다.

「길」을 시간 순서대로 배열하면 어떻게 될까?

이 시는 포도 덩굴이 땅덩이를 다 덮은 모습을 노래하고 있어요. 몇백 년 동안 포도 덩굴이 어떻게 자랐는지는 나와 있지 않기 때문에 시간 순서대로 배열할 수 없어요.

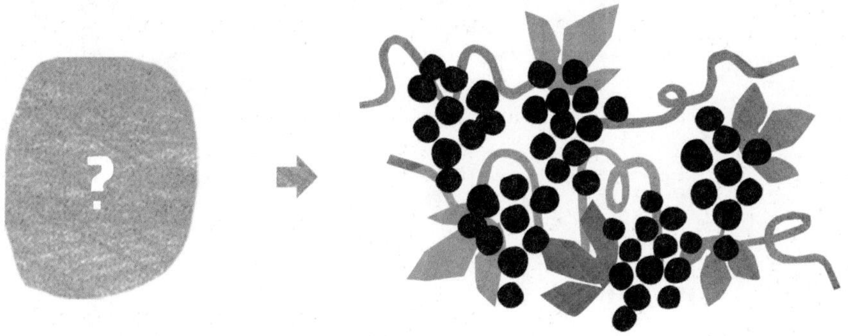

사건을 꼭 시간 순서대로 써야 하는 건 아니에요!

만약 자신이 쓰려고 하는 글 안에서 꼭 필요한 사건이 아니라면, 쓰지 않아도 돼요. 작가가 글을 쓰는 이유는 자신의 이야기를 통해 독자에게 감동과 깨우침을 주려는 거예요. 그런데 시간 순서대로 일어난 모든 사건을 쓰다 보면, 작가의 의도가 가려질 수도 있어요. 나무가 건강하게 자라기 위해 가지치기를 하는 것처럼, 글도 꼭 필요한 사건만 골라 쓰려는 노력이 필요해요.

11 이야기가 벌어지기 전 무슨 일이 있었을까?

교과서 속 이야기

'왕치와 소새와 개미와' 이야기가 벌어지기 전 무슨 일이 있었을까?

옛날 옛적, 왕치와 소새와 개미가 한집에서 살고 있었어요. 소새와 개미는 먹고 살기 위해 열심히 일을 했지만, 왕치는 타고난 게으름뱅이로 먹고 노는 걸 좋아했죠.

그러던 어느 가을, 소새는 백곡이 풍성한 식욕의 계절에 잔치나 벌이자는 제안을 했어요. 하지만 이건 사실 왕치를 골려 먹기 위한 소새의 계획이었죠. 그걸 알지 못하는 왕치는 신이 나서 찬성을 했고, 개미도 반대하지 않았어요. 그러자 소새는 사흘 동안 잔치를 벌이되, 각자 하루씩 맡아서 음식을 차리기로 했어요. 음식을 구해 본 적이 없는 왕치는 걱정스러웠지만, 이제 와서 못한다고 할 수는 없었죠.

첫날은 개미가 나섰어요. 들로 나간 개미는 새참 광주리를 이고 가는 아주머니를 봤죠. 개미는 뽀르르 아주머니의 다리 속으로 기어 올라가서는 넓적다리를 사정없이 꽉 물었어요. 아주머니는 놀라 비명을 지르며 광주리를 내동댕이치고는 도망쳤어요. 개미는 그 광주리를 들고 가서 잔치를 벌였죠.

이튿날은 소새가 나섰어요. 소새는 물가로 나가 붕어나 가물치 등은 거들떠보지도 않고 말뚝 위에 앉아 무언가를 기다렸죠. 이윽고 잉어 한 마리가 물 위로 뛰어오르자, 소새는 날쌔게 날아들어 잉어를 낚아챘어요. 그 잉어로 둘째 날 잔치도 신나게 벌였어요.

드디어 셋째 날, 왕치는 핑계를 대고 음식을 구하지 않을 생각이었죠. 하지만 자신을 노려보는 소새의 눈빛을 보니 도저히 말을 꺼낼 수 없었어요. 결국 왕치는 음식을 구하러 나갔죠. 하지만 게으름만 부렸던 왕치니 음식을 구하는 방법을 알 리가 없죠. 엿장수에게 갔다 죽을 뻔하기도 하고, 송아지를 잡으려다 꼬리에 얻어맞기도 했답니다. 그러다 물가에서 잉어를 본 왕치는 잉어를 잡을 결심으로 날아 달려갔어요. 하지만 마침 배가 고팠던 잉어는 날아온 왕치를 꼴깍 삼켜 버리고 말았답니다!

한편 아침에 나간 왕치가 돌아오지 않자 걱정이 된 개미와 소새는 밖으로 나왔어요. 하지만 아무리 찾아도 왕치는 보이지 않았어요. 개미는 소새를 탓했고, 소새는 이럴 줄은 몰랐다고 변명을 했어요. 저녁이 될 때까지 왕치는 찾을 수 없었어요. 결국 개미와 소새는 집으로 돌아갔죠. 혹시나 왕치가 집에 돌아와 있나 해서요. 집으로 가던 도중 소새는 잉어 한 마리가 떠오르는 걸 보자, 저녁밥을 해결할 생각으로 잉어를 잡아갔어요.

집으로 돌아갔지만 여전히 왕치는 돌아와 있지 않았죠. 왕치가

없는 집은 텅 빈 것 같았어요. 둘은 섭섭한 마음으로 방금 소새가 잡아 온 잉어를 먹기 시작하였죠. 하지만 좋은 음식을 먹자 왕치가 더욱 생각나서 목에 걸렸어요.

그런데 그때! 갑자기 후루룩 하더니 둘이 먹고 있던 잉어 배 속에서 왕치가 풀쩍 뛰어나왔어요! 둘은 깜짝 놀랐죠. 그런데 구사일생으로 살아난 왕치는 자기가 그 잉어를 잡은 것인 마냥 생색을 내지 않겠어요.

그런 왕치의 행동이 너무 기가 막히고 화가 난 소새는 주둥이가 한 자나 되게 쭉 튀어나왔어요. 게다가 왕치는 이마의 땀을 닦는데 머리가 훌러덩 벗겨지고 말았어요. 그걸 본 개미는 너무 웃겨 데굴데굴 구르다 허리가 잘록 부러지고 말았죠.

그때부터 왕치는 대머리가 된 것이고, 소새는 주둥이가 길어진 것이고, 개미는 허리가 부러진 것이라고 해요.

「왕치와 소새와 개미와」의 이야기가 벌어지기 전에는 무슨 일이 있었을까?

이 이야기가 벌어지기 전, 왕치는 머리가 있었을 거고, 소새는 주둥이가 튀어나오지 않았을 거고, 개미는 허리가 부러지지 않았을 거예요. 그 모습도 정말 재미있었겠네요.

이야기가 시작되기 전을 상상해 보세요.

등장인물이 태어날 때부터, 이야기가 시작되는 경우도 있죠. 하지만 그렇지 않은 경우가 훨씬 더 많아요. 그렇다면 이야기가 시작되기 전, 등장인물은 어떤 일을 하며 살았을까요? 그게 궁금해질 수 있죠. 영화에서도 본편의 등장인물이 그 전에 무엇을 했는지 보여 주는 속편이 있어요. 그걸 프리퀼(prequel)이라고 해요.

교과서 속 이야기

'봉숭아' 동시 속 이야기가 벌어지기 전 무슨 일이 있었을까?

봉숭아

김상옥

비 오자 장독간에 봉숭아 반만 벌어
해마다 피는 꽃을 나만 두고 볼 것인가.
세세한 사연을 적어 누님께로 보내자.

「봉숭아」가 쓰여지기 전에는 무슨 일이 있었을까?

시의 화자는 비가 내리자 장독간에 봉숭아가 폈다는 사연을 세세하게 편지로 써서 보낸다고 해요. 그렇다면 지금 누님은 먼 곳에 있나 봐요.
시가 쓰이기 전, 화자와 누님은 함께 해마다 봉숭아가 피는 걸 보았겠죠.
그러다 어떤 일로 인해 누님이 떠난 후, 동생 홀로 남았을 거예요.

누님이 무슨 이유로 떠났을지 상상해 보세요.

예) 결혼을 해서 남편과 함께 살기 위해 떠났을 것 같아요.

「돌아온 탕자」 그림 속 이야기가 벌어지기 전에 무슨 일이 있었을까?

네덜란드를 대표하는 '빛의 화가' 렘브란트가 그린 「돌아온 탕자」예요. 현재 러시아 상트페테르부르크에 위치한 에르미타쥐 박물관에 전시되어 있어요.

그림을 보면 죄수처럼 머리를 깎고 누더기 옷을 입은 둘째 아들이 돌아왔을 때, 눈 먼 아버지가 그를 따스히 감싸 안아 주고 있어요. 하지만 오른쪽에 서 있는 첫째 아들은 동생이 마음에 들지 않는 표정이에요.

이 그림을 보고 있노라면 과연 이전에 무슨 일이 있었는지 궁금해지지 않나요? 이 이야기는 렘브란트가 성경의 일화를 따서 그린 그림이에요. 어느 아버지에게 두 아들이 있었는데, 둘째 아들은 자기 몫의 재산을 받아 도시로 떠나죠. 그리고 흥청망청 돈을 쓰며 지내다 결국 거지가 되어요. 그제야 둘째 아들은 자신의 잘못을 깨닫죠.

둘째 아들은 혼날 각오를 하고 집으로 돌아와요. 그 모습을 보자 집에서 성실히 아버지를 도와 일을 하던 첫째 아들은 화가 나요.

'몹쓸 놈! 신나게 놀다 돈이 떨어지자 돌아오는 꼴이라니.'

하지만 아버지는 돌아온 둘째 아들을 따뜻하게 안아 줘요. 아버지의 사랑이 얼마나 위대한지를 보여 주는 대목이죠.

어때요, 이야기를 알고 그림을 보니 훨씬 더 재미있지 않나요?

12

앞으로 어떤 일이 벌어질까?

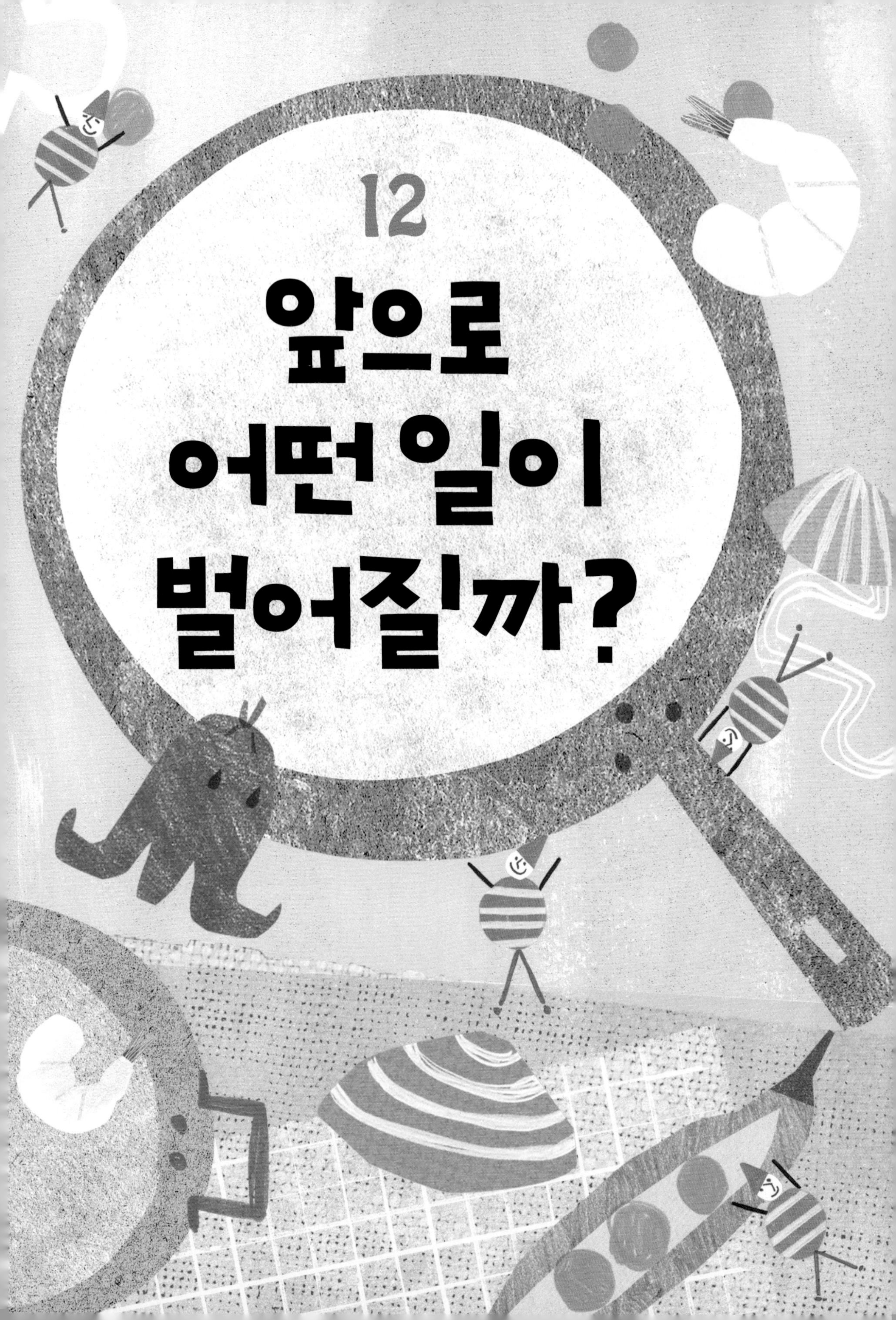

교과서 속 이야기

'새알 만져 보기'에서 앞으로 어떤 일이 벌어질까?

새알 만져 보기

유경환

풀숲 작은 둥지에 새알이 두 개
꺼낼까 말까 손대 보고 또 대 보고
저만치 가다가 와서 한 번 더 만져 본다.

「새알 만져 보기」에서 앞으로 어떤 일이 벌어질까?

시의 화자는 새알이 굉장히 마음에 들었나 보네요. 이후에도 아마 계속해서 새알을 보러 오겠죠? 그러다 어미새에게 들켜 혼이 날 수도 있을 거예요. 아니면 새알을 가지고 가 자기가 새끼 새를 키울 수도 있고요. 뒷이야기가 어떻게 될지 상상하면서 글을 쓸 수도 있어요. 뒷이야기는 자유자재로 상상할 수 있으니까요!

뒷이야기가 어떻게 될지 상상해서 이야기를 만들어 보세요.

예) 주인공은 새알의 주인인 어미새가 독수리에게 잡아먹혔다는 사실을 알고, 새알을 데리고 가서 자신이 키우기로 해요.

교과서 밖 이야기

'동백꽃'에서는 앞으로 어떤 일이 벌어질까?

〈앞의 줄거리〉

주인공 남자아이 '나'는 옆집에 사는 여자아이 점순이가 마음에 들지 않아요. 전에 '나'에게 점순이가 "네 집엔 이거 없지?"라며 감자를 줬는데, 그걸 먹지 않은 뒤부터 점순이가 '나'를 괴롭혔거든요.

마름의 딸인 점순이가 괴롭히면 소작인의 아들인 '나'는 꼼짝없이 당할 수밖에요. 점순이는 '나'의 집에 와서 씨암탉을 괴롭혀 달걀을 못 낳게 하려 하기도 하고, '나'에게 몰래 못된 말을 하기도 했어요. 하지만 가장 나쁜 건, 자기 집의 커다란 수탉과 '나'의 집의 수탉을 싸움 붙여서, '나'의 집 수탉에게 상처를 입힌 거였어요.

그날도 점순이는 '나'의 집 수탉을 데려다가 억지로 닭싸움을 시켰어요. 그걸 본 '나'는 화가 치밀어 올라 결국 일을 저지르고 말았죠.

나는 대뜸 달겨들어서 나도 모르는 사이에 큰 수탉을 단매로 때려엎었다. 닭은 푹 엎어진 채 다리 하나 꼼짝 못하고 그대로 죽어버렸다. 그리고 나는 멍하니 섰다가 점순이가 매섭게 눈을 홉뜨고 닥치는 바람에 뒤로 벌렁 나자빠졌다.

"이놈아! 너 왜 남의 닭을 때려 죽이니?"

"그럼 어때?"

하고 일어나다가,

"뭐 이 자식아! 누 집 닭인데?"

하고, 복장을 떼미는 바람에 다시 벌렁 자빠졌다. 그리고 나서 가만히 생각을 하니 분하기도 하고 무안도 스럽고, 또 한편 일을 저질렀으니, 인젠 땅이 떨어지고 집도 내쫓기고 해야 될는지 모른다.

나는 비슬비슬 일어나며 소맷자락으로 눈을 가리고는 얼김에 엉하고 울음을 놓았다. 그러다 점순이가 앞으로 다가와서

"그럼 너, 이담부턴 안 그럴 테냐?"

하고 물을 때에야 비로소 살 길을 찾은 듯 싶었다. 나는 눈물을 우선 씻고 뭘 안 그러는지 명색도 모르건만,

"그래!"

하고 무턱하고 대답하였다.

"요담부터 또 그래 봐라, 내 자꾸 못살게 굴테니."

"그래 그래, 인젠 안 그럴 테야."

"닭 죽은 건 염려 마라. 내 안 이를 테니."

그리고 뭣에 떠다 밀렸는지 나의 어깨를 짚은 채 그대로 퍽 쓰러

진다. 그 바람에 나의 몸뚱이도 겹쳐서 쓰러지며 한창 피어 퍼드러진 노란 동백꽃 속으로 폭 파묻혀 버렸다.

알싸한 그리고 향긋한 그 냄새에 나는 땅이 꺼지는 듯이 온 정신이 고만 아찔하였다.

"너 말 마라."

"그래!"

조금 있더니 요 아래서,

"점순아! 점순아! 이년이 바느질을 하다 말구 어딜 갔어?"

하고 어딜 갔다 온 듯싶은 그 어머니가 역정이 대단히 났다.

점순이가 겁을 잔뜩 집어먹고 꽃 밑을 살금살금 기어서 산 아래로 내려간 다음, 나는 바위를 끼고 엉금엉금 기어서 산 위로 치빼지 않을 수 없었다.

「동백꽃」에서는 앞으로 어떤 일이 벌어질까?

아무리 봐도 점순이가 주인공 '나'를 좋아하는 것 같죠? 이제 '나'도 그 마음을 안 것 같아요. 앞으로 '나'와 점순이는 어떻게 될까요? 알콩달콩 재미있게 지낼 수도 있고, 갑자기 누군가 이사를 가서 헤어질 수도 있겠죠. 여러분들은 이 이야기가 앞으로 어떻게 될 것 같나요? '나'의 입장이나 '점순이'의 입장에서 뒷이야기를 상상해 보세요.

뒷이야기가 어떻게 될지 상상해 봐요!

예) 나와 점순이는 부모님 몰래 동백꽃밭에서 만남을 가지고 감자를 먹으며 즐겁게 지낸다. 그러던 어느 날 마을에 점순이보다 훨씬 예쁜 '콩순이'라는 애가 이사를 왔다. 내가 콩순이를 마음에 들어하는 걸 눈치챈 점순이는 이전보다 훨씬 더 많이 나를 괴롭히기 시작했다. 하지만 나는 이제 점순이보다 콩순이가 더 좋은데……. 어쩌면 좋지?

13

글의 결말을 바꿀 수 있다면 어떨까?

교과서 속 이야기

'소나기'의 결말을 바꿀 수 있다면 어떨까?

<앞의 줄거리>

어느 날, 시골에 살던 소년은 개울가에서 윤 초시네 증손녀인 소녀와 우연한 만남을 가져요. 그 우연이 반복될수록 소년과 소녀는 서로에게 마음이 가는 걸 느껴요. 그러던 어느 토요일, 소년과 소녀는 산 너머로 소풍을 떠나요. 걸어가며 무밭에서 덜 익은 무를 뽑아 먹어 보기도 하고, 산에 도착해서는 들국화, 싸리꽃, 도라지꽃, 마타리꽃도 꺾어 보아요. 비탈길에 미끄러져 소녀의 무릎이 까지자, 소년은 송진을 발라 주기도 하죠. 그리고 소년과 소녀는 송아지를 타고 놀기도 해요.

하지만 갑자기 찾아온 소나기 때문에 소년과 소녀는 다급히 돌아가요. 굵은 빗줄기는 마치 안개처럼 눈앞을 가로막아요. 결국 소년과 소녀는 원두막에서 잠시나마 비를 피해요. 소녀의 흰 얼굴, 분홍 스웨터, 남색 스커트가 흠뻑 젖어 소녀가 몸을 떨자, 소년은 수숫단을 꺾어와 약간이나마 추위를 피하게 해요.

잠시 후, 거짓말처럼 비가 그치고 다시 햇살이 비치자 소년과 소녀는 다시 집으로 돌아가죠. 하지만 개울의 물이 불어나서 징검다리를 통해 건널 수가 없게 되었어요. 결국 소년은 소녀를 등에 업고 개울을 건너죠.

그 뒤로 소녀의 모습은 보이지 않아요. 소년은 소녀를 찾지만 나타나지 않죠. 그러던 어느 날, 개울가에서 소년은 소녀와 다시 만나요. 하지만 소녀가 이사를 간다는 말에, 소년은 어찌할 바를 몰라요. 소녀를 위해 간밤에 남의 집 호두알을 따지만, 소녀와 만날 약속도 하지 않았다는 걸 그제야 깨닫고 슬퍼하죠.

하지만, 다음 날 소년은 더욱 슬픈 소식을 들어요.

개울물은 날로 여물어 갔다.

소년은 갈림길에서 아래쪽으로 가 보았다. 갈밭머리에서 바라보는 서당골 마을은 쪽빛 하늘 아래 한결 가까워 보였다.

어른들의 말이, 내일 소녀네가 양평읍으로 이사 간다는 것이었다. 거기 가서는 조그마한 가겟방을 보게 되리라는 것이었다.

소년은 저도 모르게 주머니 속 호두알을 만지작거리며, 한 손으로는 수없이 갈꽃을 휘어 꺾고 있었다.

그날 밤, 소년은 자리에 누워서도 같은 생각뿐이었다. 내일 소녀네가 이사하는 걸 가 보나 어쩌나. 가면 소녀를 보게 될까 어떨까.

그러다가 까무룩 잠이 들었는가 하는데, "허, 참 세상일도……."

마을 갔던 아버지가 언제 돌아왔는지, "윤 초시 댁도 말이 아니야, 그 많던 전답을 다 팔아 버리고, 대대로 살아 오던 집마저 남의 손에 넘기더니, 또 악상까지 당하는 걸 보면……." 남폿불 밑에서 바느질감을 안고 있던 어머니가, "증손(曾孫)이라곤 계집애 그 애 하나뿐이었지요?"

"그렇지, 사내 애 둘 있던 건 어려서 잃어버리고……."

"어쩌면 그렇게 자식복이 없을까."

"글쎄 말이지. 이번 앤 꽤 여러 날 앓는 걸 약도 변변히 못써 봤다더군. 지금 같아서 윤 초시네도 대가 끊긴 셈이지……. 그런데 참, 이번 계집앤 어린 것이 여간 잔망스럽지가 않아. 글쎄, 죽기 전에 이런 말을 했다지 않아? 자기가 죽거든 자기 입던 옷을 꼭 그대로 입혀서 묻어 달라고……."

「소나기」의 결말은 어떻게 될까?

소년은 헤어지기 전 소녀에게 마지막으로 호두를 전해 주려 해요. 하지만 그 전에 소녀는 숨을 거두고 말아요. 둘 다 자신의 마음을 솔직히 전하기도 전에 영원히 헤어지고 만 거예요. 참 슬픈 결말이죠.

결말을 바꿀 때 주의할 점은 무엇일까요?

글의 결말은 작가의 생각이 고스란히 담겨 있는 부분이에요. 「소나기」에서 소녀가 죽는 이유는, 작가 황순원이 '너무도 순수하지만 소나기처럼 짧게 지나가 버리고 마는 소년과 소녀의 사랑'을 표현하고 싶었기 때문이에요. 그러니 여러분들도 글의 결말을 바꾸기 위해선, '내가 결말을 통해서 무슨 이야기를 하고 싶은 걸까?' 하고 작가만큼 깊게 생각해 봐야 해요.

14 주제는 무엇일까?

교과서 속 이야기

'나무 그늘을 산 총각'의 주제는 무엇일까?

옛날, 어느 마을에 마음도 착하고 머리도 똑똑한 총각이 살고 있었어요. 어느 여름, 총각이 밭에서 일을 하는데 날씨가 너무 더워 땀이 뚝뚝 떨어졌어요. 총각은 잠시 쉬려고 느티나무 그늘에 가서 잠시 눈을 붙였어요. 그런데 갑자기 마을에서 유명한 욕심쟁이 부자가 와서는 총각에게 소리를 버럭 지르는 게 아니겠어요.

"어디 감히 남의 그늘에서 잠을 자는 게야!"

그 말에 총각은 깜짝 놀라 눈을 떴어요. 욕심쟁이 부자는 씩씩거리며 총각에게 삿대질을 해 댔어요.

"이놈아, 이 나무는 우리 할아버지의 할아버지께서 심은 것이다. 그러니 이 나무도, 나무에서 생긴 그늘도 모두 내 것이야!"

총각은 욕심쟁이 부자의 마음 씀씀이가 너무하다는 생각이 들었어요. 그래서 부자를 혼내 주기로 마음먹었죠. 총각은 공손하게 부자에게 말을 걸었어요.

"그러셨군요. 제가 몰라서 그랬습니다. 그런데 제가 이 나무 그늘이 정말 마음에 들어서 그러니 저에게 이 그늘을 파시면 안 될까요?"

총각의 말에 부자는 속으로 신이 났어요. 나무 그늘을 팔아서 돈을 벌 기회가 생겼으니, 얼마나 좋았겠어요? 그래서 총각에게 다섯 냥을 받고 냉큼 나무 그늘을 팔아 버렸죠.

나무 그늘을 산 총각은 마을 사람들을 모두 불러 나무 그늘에서 마음껏 쉬게 해 주었죠. 그리고 총각은 해가 지길 기다렸어요.

시간이 흘러 해가 서쪽으로 기울었어요. 나무 그늘도 길어져서 바로 옆 부자의 집 마당 안으로 들어갔죠. 그러자 총각은 마을 사람들과 함께 마을 부자의 집 마당으로 들어갔어요. 그 모습을 본 부자는 깜짝 놀라 화를 냈어요.

"이놈아, 어디 감히 남의 집 마당에 들어오는 거야!"

하지만 총각은 당당하게 말했어요.

"이 나무 그늘을 보십시오. 이건 제가 다섯 냥을 주고 산 그늘입니다. 뭐가 문제란 말입니까?"

부자는 아무 말도 하지 못했어요. 자기가 돈을 받고 그늘을 판 건 사실이었으니까요.

해는 점점 더 서쪽으로 기울었고, 이제 나무 그늘은 부자의 집 마루에까지 올라갔어요. 총각은 이제는 사람들과 함께 부자의 집 마루에 올라가 쉬었죠. 부자의 가족들은 부자에게 화를 내었지만, 부자는 아무 말도 하지 못했어요.

그러다 부자가 자신의 친한 친구들을 불러 집에서 잔치를 벌였어요. 그날도 총각은 나무 그늘을 따라 부자의 집으로 들어와 마루에서 쉬었죠. 부자의 친구들은 그 모습을 이상하게 여겨, 총각에게 마루에서 쉬는 까닭을 물어봤어요.

총각은 아무 숨김없이 부자에게 나무 그늘을 산 일을 이야기했어요. 그리고 부자가 말한대로 나무의 주인인 자신이 나무의 그늘에서 쉬고 있는 거라고요. 그 말을 들은 부자의 친구들은 모두 부자를 탓했어요.

“아니, 부자가 되어 사람들에게 베풀 생각을 해야지, 어떻게 나무 그늘까지 판단 말인가? 안 되겠네. 우리는 이제 자네 친구가 아닐세. 다시는 우리 볼 생각하지 말게.”

친구를 모두 잃은 부자는 너무도 부끄러워 더 이상 그 마을에서 살 수 없게 되었어요. 결국 부자는 가족들과 함께 이사를 갔죠. 그 후 총각과 마을 사람들은 누구나 더울 때마다 그늘에서 쉴 수 있었어요.

「나무 그늘을 산 총각」의 주제는 무엇일까?

‘지나친 욕심을 부리면 화를 입는다’라는 것이 이야기의 주제예요. 마을 최고의 부자는 나무 그늘까지 팔아먹는 ‘욕심’ 때문에 친구들을 모두 잃고 마을에서 이사까지 가 버리죠. 이 이야기를 읽고 나면 우리는 지나친 욕심을 부리지 않아야겠다는 생각이 들어요. 그게 바로 작가가 우리에게 알려 주고 싶어 하는 거죠.

주제란 무엇일까요?

문학 작품에서 작가가 나타내고자 하는 중심 생각을 말해요. 아무리 이야기가 재미있더라도 주제가 없다면, 가지만 무성하고 뿌리가 없는 나무와 같아요. 읽는 이는 주제를 통해 감동이나 깨달음을 얻죠.

위의 이야기와 어울리는 고사성어는 무엇일까요?

소탐대실(小貪大失)이란 말이 있어요. ‘작은 것을 탐하다 큰 손해를 본다’는 뜻이죠. 다섯 냥을 벌려다 친구를 잃고 이사까지 간 부자에게 딱 어울리는 고사성어죠?

교과서 밖 이야기

'오즈의 마법사' 이야기 속 주제는 무엇일까?

미국 캔자스의 외딴 시골 마을에 살고 있는 도로시는 하루하루가 심심했어요. 어린 시절 부모님을 잃고 고아가 된 도로시를 받아 준 친척 아저씨와 아줌마는 아침부터 밤까지 아무 말도 하지 않고 일만 했죠. 도로시의 유일한 친구는 강아지 토토밖에 없었답니다.

그러던 어느 날, 갑작스레 닥친 커다란 회오리바람 때문에 도로시의 집이 하늘로 날아올랐어요! 집에 홀로 있던 도로시는 토토를 꼭 끌어안고 두려움에 떨다 스르르 잠이 들었어요.

'쿵!'

커다란 충격에 도로시의 눈이 떠졌어요. 집이 땅바닥에 떨어진 것이죠. 도로시는 침대에 누워 있었던 덕분에 다행히 다치지 않았어요. 도로시는 얼른 토토와 함께 집 밖으로 나섰어요.

밖으로 나온 도로시는 자신의 눈을 의심했어요. 그곳은 신비롭고도 아름다운 환상의 세계, 오즈 대륙이었죠. 게다가 그곳 사람들은

도로시를 위대한 마법사라고 부르며 반겼어요. 도로시의 집 아래 사악한 동쪽 마녀가 깔려 죽었기 때문이었죠.

도로시는 어서 친척 아저씨와 아줌마가 있는 캔자스로 돌아가고 싶었어요. 그러기 위해서는 오즈 대륙에서 가장 위대한 마법사인 오즈에게 가야만 했죠. 도로시는 토토와 함께 마법사 오즈가 있는 에메랄드 시로 여행을 떠났어요. 먼 길을 걷는 도로시의 발에는 동쪽 마녀의 보물인 은구두가 신겨져 있었어요.

여행길에서 도로시는 함께 할 친구들을 만나요. 뇌 없는 허수아비와 심장이 없는 양철 나무꾼, 그리고 용기가 없는 사자예요. 그들도 마법사 오즈를 만나 자신에게 부족한 것을 채워 달라고 할 생각이었죠.

도로시 일행의 여행은 모험의 연속이었어요. 위대한 마법사 오즈는 도로시 일행의 소원을 들어주는 대신 '서쪽 나라의 나쁜 마녀를 없애라'는 명령을 내리죠. 도로시는 어쩔 수 없이 서쪽 나라에 갔다가 오히려 잡혀서 마녀의 하녀가 돼요. 그러던 중, 도로시는 자신을 괴롭히는 서쪽 마녀에게 너무 화가 나서 물을 확 끼얹어요. 그런데 이럴 수가! 물이 바로 서쪽 마녀의 유일한 약점이었던 거예요. 물이 닿은 서쪽 마녀는 마치 연기처럼 사라져 버렸죠.

도로시 일행은 다시 에메랄드 시로 돌아와서 오즈를 만나요. 하지만 위대한 마법사 오즈는 사실 아무 마법도 쓸 수 없는 사기꾼이었어요. 오즈만 믿었던 도로시는 하늘이 무너진 것만 같았어요.

그때 슬퍼하는 도로시에게 에메랄드 시의 병사가 말했어요.

"그럼 글린다에게 가 보렴."

글린다는 남쪽 나라에 사는 착한 마녀의 이름이었어요. 도로시 일행은 다시 한 번 온갖 모험을 하고 나서야 글린다를 만날 수 있었답니다. 착한 마녀 글린다는 한껏 미소 띤 얼굴로 도로시 일행을 바라보았어요.

"여러분들이 무슨 소원 때문에 여기까지 왔는지 잘 알고 있어요. 하지만 그 소원을 제가 이뤄 줄 필요는 없을 것 같네요. 왜냐하면 여러분들은 이미 그 소원을 이루었기 때문입니다. 기나긴 모험을 하는 동안 허수아비는 뛰어난 지혜를, 양철나무꾼은 따뜻한 마음을, 사자는 위대한 용기를 보여 줬죠. 그리고 도로시, 당신이 신은 은구두에는 마법의 힘이 있답니다. 뒤꿈치를 탁, 탁, 탁 세 번 부딪치고 당신이 가고 싶은 곳을 떠올려 보세요. 그럼 어느새 그곳에 가 있을 거예요."

그 말을 들은 도로시는 그대로 해 보았어요. 그러자 세상에! 도로시는 어느새 자신이 살던 캔자스 집 앞에 도착했답니다.

『오즈의 마법사』의 주제는 무엇일까?

'마법은 자기 자신 안에 있다'가 『오즈의 마법사』의 주제예요. 허수아비, 양철나무꾼, 사자는 자신이 원하는 것을 얻기 위해 마녀를 만나려 하죠. 하지만 그 여행을 통해 그들은 자신이 원하는 것을 이미 얻었어요. 그들의 마음이 마법을 일으킨 것이죠. 도로시 역시 마찬가지예요. 도로시는 캔자스로 돌아가고 싶어 하죠. 캔자스로 돌아갈 수 있는 힘이, 자신이 신은 은구두에 있다는 사실은 모른 채로 말이에요.

『오즈의 마법사』의 주제를 통해 무엇을 느낄 수 있을까요?

우리는 가끔씩 마법과 같은 힘을 바라요. 시험 전날, '시험에 백 점 맞을 수 있는 마법'을 원하고, 운동회 때에는 '달리기에서 일등 할 수 있는 마법'을 원하죠. 잘못을 저질러서 엄마의 잔소리를 들을 때는 '엄마의 잔소리를 듣지 않는 마법'을 원하기도 해요. 하지만 그런 마법은 누군가 우리에게 전해 주는 게 아니에요. 우리 스스로 마법을 일으켜야 하죠. 열심히 공부하고, 달리기 연습을 하고, 잘못을 저지르지 않는 것. 그게 바로 우리가 할 수 있는 마법이에요.

지금 나에게 필요한 마법은 무엇일까요? 또 그 마법을 얻기 위해서는 어떻게 해야 할지 한번 생각해 보세요.

예) 마법 : 부자가 되는 마법

마법을 얻는 방법 : 용돈을 아껴 쓰고 남은 돈은 은행에 차곡차곡 저축한다.

15 작가가 추구하는 가치는 무엇일까?

교과서 속 이야기

'꿈을 찍는 사진관' 속 작가가 추구하는 가치는 무엇일까?

<앞의 줄거리>

이야기의 주인공 '나'는 따스한 봄날, 그림을 그리기 위해 산으로 올라가요. 그런데 그곳에서 '꿈을 찍는 사진관'이라는 신기한 곳을 만나요. 그곳에서는 보고 싶은 추억 속 인물의 이야기를 파랑 잉크로 쓰고 잠이 들면, 꿈에 그가 나올 거라고 했어요. 그 꿈을 사진으로 찍어 준다고 했죠. 주인공은 6 · 25 전쟁으로 남북으로 갈리어 헤어지게 된 어린 시절 첫사랑, 순이를 떠올리며 잠에 빠져들었어요.

정말 내가 민들레와 할미꽃을 좋아하는 까닭은 순이 때문이었는지도 모릅니다.

순이의 그 노랑 저고리가 어쩌면 그때 내 마음에 그렇게도 예뻐

보였을까요?

“순아! 오늘은 정말 네게 꼭 할 말이 있어. 감추려고 했지만, 역시 알려 주는 게 좋을 거야. 그렇지만 순아, 울어서는 안 돼! 응?”

“무슨 얘기냐? 어서 말해 줘!”

“정말 안 울 테냐?”

“울긴 왜 우니? 못나게…….”

“그래! 픽 하면 우는 건 바보야. 울지 마라, 응?”

“그래! 어서 말해!”

"저어……."

"참, 네가 바보구나. 왜 바로 말을 못 하니? 아이 갑갑해! 어서 말해 봐!"

"저어, 말이지, 이건 정말 비밀이야. 우리 아버지도 어머니도 그랬어. 아무에게도 미리 얘기해서는 안 된다고. 그렇지만 난 네게는 숨길 수 없어. 우리는 며칠 있으면 삼팔선을 넘어 서울로 이사를 간단다. 여기서야 살 수가 있어야지. 지난해 8월 광복이 되었다고 미칠 듯 즐거워했지만, 우리는 토지와 집까지 다 빼앗기지 않았어, 지주라고. 그리고 우리를 딴 데로 옮겨 가 살라고 그러지 않아. 빈손이라도 좋아. 우리는 맘 놓고 살 수 있는 자유로운 곳을 찾아가야 해……."

"얘, 나보고 울지 말라더니, 제가 먼저 울지 않아?"

소학교를 졸업하면 중학교는 원산이나 함흥에 같이 가자던 순이. 너와 내가 갈린 것은 소학교 5학년 때…….

이 얼마나 위대한 발명입니까? 생각한 대로 곧 꿈꿀 수 있고, 그 장면을 곧 사진에 옮길 수 있다는 것은.

잠을 깬 것은, 아니 꿈을 깬 것은 아침이었나 봅니다. 통 밖의 빛이 방 안에 비치지 않아 때를 알 수가 없었습니다. 내게는 시계도 없었습니다.

<뒤의 줄거리>

주인공 '나'는 두 시간을 기다린 후에 드디어 사진 한 장을 받아들었어요.

헤어질 때 마지막으로 보았던 열두 살의 순이와, 스무 살이 된 지금의 '나'가 같이 있는 사진이었죠. 주인공은 그 사진을 귀한 보물처럼 꼭 가슴에 품고 사진관을 나서요.

집으로 돌아가던 중, '나'는 잠시 동산에 앉아 쉬어요. 그리고 다시 사진을 꺼내죠. 그런데 놀랍게도 사진은 바뀌어 있었어요. '나'가 좋아하는 동화집 갈피 속에 끼어 있던 노란 민들레꽃 카드로 말이에요.

「꿈을 찍는 사진관」에서 작가가 추구하는 가치는 무엇일까?

'추억'이에요. 스무 살의 주인공 '나'는 열두 살 때 헤어진 순이를 잊지 못해요. 그 추억이 너무도 소중해, 꿈을 꿔서 사진으로나마 남기고 싶어 해요. '꿈을 찍는 사진관'의 주인 역시 추억을 소중히 여기기에 그런 가게를 운영하는 것이고요.

작가가 추구하는 가치란 무엇일까요?

사랑, 우정, 희망, 용기 등 세상에는 수많은 가치들이 존재하죠. 작가는 그중 자신이 생각하기에 가장 소중하다고 여기는 가치를 주인공의 행동을 통해 드러내요. 이야기를 읽는 이들에게 그 가치를 알려 주는 거죠.

교과서 밖 이야기

'삼국지' 이야기 속 작가가 추구하는 가치는 무엇일까?

한나라가 힘을 잃고 망해 가자 온갖 세력이 천하의 주인이 되겠다며 날뛰던 시기, 오직 나라와 백성을 위해 칼을 뽑아든 이가 있었으니, 그가 바로 유비다.

유비는 당시의 다른 영웅들에 비해 힘이 센 것도 아니었고, 세력이 강한 것도 아니었다. 하지만 유비에게는 어느 누구도 가지지 못한 강한 능력이 있었다. 그건 바로 자신의 성품이었다. 유비는 백성에게 인자하고, 의로운 일이 아니면 하지 않았다. 천하의 영웅인 관우와 장비가 유비와 의형제를 맺은 것도, 천하에서 가장 뛰어난 지혜를 지닌 제갈공명이 유비의 군사가 된 것도 모두 그 성품에 감명을 받아서였다.

그런 유비의 성품에 대해 알 수 있는 이야기가 하나 있다.

당시 중국 대륙의 중앙에는 형주라는 지역이 있었다. 형주는 평지인데다 바로 옆에 강이 흘러 농사도 잘 되었고, 길도 좋아 전국

어디든 쉽게 갈 수 있었다. 그래서 많은 사람들이 형주 땅을 차지하려 노력했다. 그중 가장 대표적인 인물이 바로 조조였다.

형주 땅의 주인은 유표라는 인물이었는데 유비와는 먼 친척 관계였다. 조조와의 전투에서 패한 후 갈 곳이 없었던 유비를 유표가 귀한 손님으로 대접한 이유도 그 때문이었다.

그런데 유표에게는 한 가지 고민이 있었다.

'내가 죽은 후, 형주 땅은 누가 다스릴 것인가?'

당시 유표는 나이도 많았고 오랜 싸움으로 병까지 든 상태였다. 그러자 유표의 아들들은 서로 형주의 주인이 되겠다고 집안싸움을 벌였다. 이제 곧 조조가 형주를 차지하기 위해 전쟁을 벌이려는 위급한 순간인데도 말이었다.

그 모습을 눈앞에서 지켜보는 유표는 답답한 마음뿐이었다. 그때 유표의 눈에 띈 것이 바로 유비였다.

'저 사람이라면 이 형주 땅과 백성들을 지킬 수 있을 것 같다.'

유표는 곧 부하를 시켜 유비를 데리고 오게 했다.

그리고 바로 그 시각, 제갈공명은 유비에게 다짐을 받아 두고 있었다.

"주군, 오늘 유표가 주군을 불러서 무언가를 준다고 할 것입니다. 그것이 무엇이든 간에 꼭 받으십시오."

지혜가 뛰어난 제갈공명은 유표의 마음을 이미 짐작한 것이었다.

하지만 유표에게 다녀온 유비는 제갈공명에게 충격적인 말을 했다.

"방금 유표님의 제안을 거절하고 오는 길이네."

"주군!"

제갈공명은 원망스러운 눈빛으로 자신의 주군, 유비를 바라보았다. 하지만 유비는 아무 말도 하지 않고 묵묵히 창밖을 바라보고 있었다.

"왜 그러셨습니까. 형주를 차지했다면 훨씬 더 쉽게 조조를 물리치고 대륙을 통일할 수 있단 말입니다."

유비는 제갈공명을 똑바로 바라보았다.

"만약 내가 형주를 차지하려 한다면, 사람들은 내가 지금껏 유표와 친하게 지낸 이유를 오해할 걸세. 나의 의로움이 의심받느니, 형주를 포기하는 게 낫네."

의로움을 위해 이익을 포기하는 유비의 마음을 안 제갈공명은 감탄을 금치 못했다.

'내가 과연 진정한 주군을 모시고 있구나!'

『삼국지』에서 작가가 추구하는 가치는 무엇일까?

『삼국지』의 정식 명칭은 『삼국지연의』로 명나라의 작가 나관중이 쓴 역사 소설이에요. 서기 184년부터 280년까지 약 100년간 중국 대륙에서 벌어진 실제 역사를 바탕으로 하고 있죠. 이 소설 속에는 수많은 영웅들이 등장하지만, 작가 나관중은 유비를 주인공으로 선택했어요. 유비가 추구하는 가치인 인의(仁義), 어진 마음과 의로움이 작가가 추구하는 가치와 맞아떨어졌기 때문이죠.

유비의 결단이 옳은 일일까요?

형주를 포기한 유비의 결단을 비판하는 사람들도 있어요. 자신의 의로움을 지키기 위해 백성들의 괴로움을 외면했다는 것이죠. 형주의 수많은 백성들은 유비가 형주를 다스려 주길 원했었거든요. 여러분의 생각은 어떤가요?

인물 깊이 읽기

'마하트마 간디'가 추구하는 가치는 무엇일까?

1869년 10월 2일, 마하트마 간디는 인도의 항구 도시 포르반다르의 명문가에서 태어났어요. 그는 젊었을 때는 인도를 지배하고 있던 영국을 싫어하지 않았어요. 오히려 영국군에 들어가려고 지원을 하고, 영국 런던으로 유학을 가기까지 했죠. 하지만 영국 정부가 인도인을 마음대로 체포하고 선거권까지 박탈하려 하는 모습을 보자 분노하기 시작했어요.

'이대로 가다간 인도인은 영국의 노예로 살 수밖에 없어. 인도의 독립을 위해 이 한 몸을 바쳐야겠다!'

그때부터 간디는 변호사로 지내던 편안한 삶을 내던지고, 독립운동가로서의 삶을 살기 시작했어요. 그런데 간디는 굉장히 독특한 방법으로 독립운동을 했어요. 바로 '비폭력 무저항 운동'이었죠.

"우리가 폭력으로 독립을 이루려 한다면, 상대편은 더 큰 폭력을 쓰려 할 것이다. 그러다 보면 결국 세상은 폭력으로 뒤덮여 모두 사라질 것이다."

간디는 폭력을 거부한 평화적인 독립운동을 벌였어요. 독립을 요구하는 평화 시위를 벌였고, 영국 경찰이 출동하면 순순히 잡혀 갔죠. 그리고 감옥에서 나오면 다시 평화롭게 시위를 벌였어요. 그런 간디의 '비폭력 무저항 운동'은 인도 전역에 퍼져나가며, 간디는 인도의 상징이 되었어요. 또 간디는 인도의 신분 제도인 카스트 제도를 없애려 했고, 모든 종교에 대해서도 너그러워 힌두교 이외의 종교인들과도 만남을 가졌죠. 전세계가 간디의 사상에 감명을 받았어요. 결국 영국도 인도의 독립을 인정할 수밖에 없었죠. 간디는 세계 최초로 평화로 독립을 이루어 낸 거예요.

하지만 간디는 반대파로부터 수많은 살해 협박을 받았고, 결국 1948년 1월 30일에 총을 맞아 암살당했어요. 비록 그의 육체는 죽었지만, 그의 정신과 가치는 영원히 세계인의 기억 속에 남아 있답니다.

16

이야기 속 환상 세계를 통해 무엇을 느낄까?

교과서 속 이야기

'별삼 형제' 이야기 속 환상 세계를 통해 무엇을 느낄까?

옛날, 아주 먼 옛날 흑룡담이라는 큰 늪이 있는 마을이 있었어요. 그 마을에는 홀어머니 아래에서 사는 삼 형제가 있었어요. 삼 형제가 여덟 살이 되던 해, 어머니는 세 아들을 앉혀 놓고 말을 했죠.

"너희들이 이 세상을 위해 일을 하려면 마땅히 큰 재주가 있어야 할 것이다. 밖으로 나가 큰 재주를 배워 오거라. 십 년을 채울 때까지는 돌아오지 말거라."

갑작스러운 말에 삼 형제는 깜짝 놀랐어요. 하지만 어머니의 결심이 굳은 걸 알고는 큰 절을 올리고 길을 떠났죠.

삼 형제는 서로 헤어져 신기한 재주를 배웠어요. 첫째는 하늘을 나는 방석을 조종할 수 있는 재주를 배웠어요. 둘째는 한 눈을 감으면 다른 눈으로는 어느 먼 곳이든 볼 수 있는 재주를 가졌어요. 그리고 셋째는 무술의 달인이 되어 칼과 활을 자유자재로 다룰 수 있는 재주를 가졌죠.

모두 훌륭한 재주를 가지게 된 삼 형제는 열여덟 살이 되던 해, 집으로 돌아왔어요. 그런데 그때 마을에서는 큰 난리가 벌어졌어요. 바로 갑자기 큰 폭풍우가 몰아치더니만 하늘에 해가 사라진 거예요.

해가 사라지니 세상은 온통 깜깜해졌어요. 곡식은 더 이상 자라지 않았고, 산짐승들이 마을로 내려와 사람들을 해쳤죠. 세상이 혼란에 빠지자 어머니는 삼 형제에게 명령을 내렸어요.

"너희들의 재주를 펼칠 때가 왔구나. 사라진 해를 찾아오너라."

삼 형제는 이곳저곳을 살폈지만 해의 행방을 찾지 못했어요. 그래서 자신들의 스승에게, 또 스승의 스승에게도 찾아갔어요.

"흑룡담에 사는 흉포한 흑룡 한 쌍이 해를 삼켜 버렸구나. 그 흑룡을 없애야 해를 찾을 수 있다."

스승의 스승에게 해의 행방을 알게 된 삼 형제는 곧장 흑룡이 있는 곳을 찾기로 했어요. 둘째의 재주로 흑룡이 하늘에 있다는 걸 알게 된 삼 형제는 첫째의 나는 방석을 타고 하늘로 향했어요. 그리고 셋째는 흑룡을 향해 활을 쏘았죠. 갑작스러운 공격을 받은 흑룡은 놀라 삼켰던 해를 토해 냈어요.

그 후로 삼 형제와 흑룡 한 쌍은 한참을 싸웠어요. 그러다 한 마리의 흑룡이 땅에 떨어져 죽자, 또 한 마리의 흑룡은 얼른 흑룡담에 숨어 버렸죠.

다시 해가 떠오르자 세상은 기쁨으로 가득 찼어요. 하지만 흑룡담에 숨어 버린 흑룡이 언제 다시 해를 노릴지 알 수 없었죠. 그래서 삼 형제의 어머니는 마지막 명령을 내렸어요.

"너희들은 이제 하늘로 올라가 별이 되거라. 그래서 흑룡에 맞서 영원히 해를 지키거라."

세 아들을 영영 보지 못한다는 슬픔에 어머니의 눈에서는 뜨거운 눈물이 뚝뚝 흘러내렸어요. 하지만 세상을 위해서는 어쩔 수 없는 선택이었죠. 세 아들 역시 그 사실을 알고 있었기에 눈물을 흘리면서 어머니에게 큰절을 올렸어요.

그렇게 삼 형제는 하늘로 올라가, 삼태성이 되었어요.

「별 삼 형제, 삼태성」 속 환상 세계는 어떤 세계일까?

이 이야기는 백두산 인근에서 전해져 내려오는 설화예요. 이 설화에는 현실에 존재하지 않는 '해를 잡아먹는 흑룡'이 나오죠. 삼 형제가 배운 재주인 '하늘을 나는 방석', '먼 곳도 볼 수 있는 눈', '용을 죽이는 궁술'도 모두 환상 이야기예요. 하지만 이런 환상적인 장치 때문에 이야기가 훨씬 더 재미있어지죠.

설화나 신화에서 환상 세계가 많이 나오는 이유는 무엇일까요?

첫째, 설화가 만들어진 고대 시대에는 자연 현상이 왜 일어나는지에 대해 과학적인 설명을 할 수 없었어요. 그래서 대신 자연 현상이 일어난 이유에 대한 이야기를 만들어 내기 시작했죠. 흑룡이 해를 가져가서 세상이 어두워졌다는 건 '일식'을 뜻하는 것이에요. 그리고 삼 형제가 하늘로 올라갔다는 건 밤하늘에 뜬 삼태성을 보고 만들어 낸 것이죠.

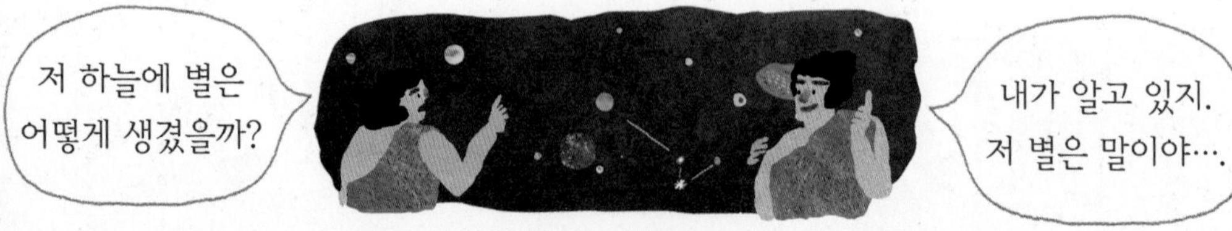

둘째, 고대 시대의 사람들은 늘 자연의 위험에 노출되어 있었어요. 추위와 더위, 여러 전염병, 그리고 맹수들까지! 이런 가운데에도 사람들은 위험과 싸워 이겨 내겠다는 희망을 가졌어요. 그 희망이 이야기로 나타난 거죠. 결국 흑룡을 물리치고 해를 구해 낸 건 바로 우리와 같은 사람이었잖아요.

교과서 밖 이야기

'전우치전' 이야기 속 환상 세계를 통해 무엇을 느낄까?

조선 초, 개성에 전우치란 한 선비가 살았다.

그는 과거에 급제해 관직에 오르는 데에는 별 관심이 없었다. 오히려 신선이 되기 위해 여러 스승을 만나 도를 닦았다.

원래 그 재주가 뛰어난데다 정성까지 지극했던 터라, 전우치는 곧 신선의 도술을 배울 수 있었다.

하지만 주변의 가까운 사람들도 전우치가 그런 재주를 가진지 알지 못했다.

그런데 그때 조선에는 큰 변고가 있었다.

남쪽 해안의 여러 마을에 큰 흉년이 든 것이었다. 그곳은 이미 몇 해 전부터 왜구들이 잦은 노략질을 해 쌀 한 봉도 모아 놓지 못한 곳이었다.

그러니 수많은 백성들이 먹을 것이 없어 나무껍질을 벗겨 먹으며 살았고, 굶주림을 못 이겨 세상을 떠난 이들도 많았다.

그렇다면 그때 조정의 신하들은 무엇을 하고 있었을까? 그들은 백성들의 고통에 아무 관심이 없었다. 그저 자신들의 권력을 더욱 키우는 데에만 혈안이 되어 있을 뿐이었다.

세상 사람들은 그런 타락한 조정의 신하들을 향해 분통을 터뜨렸다.

전우치 역시 화가 나긴 마찬가지였다.

"내 도저히 저들의 모습을 보아 넘길 수가 없구나! 혼쭐을 내 줘야겠다."

그 길로 전우치는 집을 버리고 조정이 있는 한양으로 길을 나섰다.

음력 1월 2일, 설을 보내고 한 해의 업무가 시작되는 날, 조정의 모든 신하들은 궁궐에 모여 왕에게 새해 인사를 올리고 있었다.

그때 갑자기 궁궐 위에 오색구름이 피어 오르더니, 하늘나라의 관리가 모습을 드러냈다.

"조선의 왕은 어서 나와 옥황상제의 명령을 받들거라."

그 위엄 있는 모습에 왕과 신하들은 절로 고개를 숙일 수밖에 없었다. 하늘의 관리는 비단 두루마리를 펼쳐 들었다.

"이번에 옥황상제께서 하늘나라에 궁전을 지으려고 하니, 그 궁전에 쓸 황금 기둥 하나를 이번 보름날까지 바치도록 해라. 그렇게만 하면 큰 복을 내릴지어다."

그 말을 들은 왕은 당장 신하들에게 명령을 내려 전국의 황금을

모으게 했다.

그리고 궁궐의 장인을 불러 그 황금을 녹여 기둥을 만들게 했다.

정월 보름날, 드디어 황금 기둥이 완성되었다. 목욕재계까지 마친 왕은 하늘 관리를 기다렸다. 잠시 후, 다시 한 번 오색구름이 펼쳐지며 하늘 관리가 나타났다.

"조선의 왕이 참으로 갸륵한 일을 했구나. 앞으로 조선의 왕은 언제나 평안할 것이니라."

하늘 관리는 황금 기둥을 들고 하늘로 돌아갔다. 그 하늘 관리의 정체가 바로 전우치였다.

얼마 후, 굶어 죽어 가던 남쪽 마을에는 오랜만에 활기가 돌았다. 전우치가 외국에 나가 황금 기둥을 팔아 쌀 십만 석을 배에 싣고 온 것이었다.

전우치는 그 십만 석을 십만 가구의 집에 고루 나눠 주고, 내년에 농사를 지을 씨앗까지 마련해 주었다.

그리고 대자보를 써서 마을 광장에 붙이고 사라져 버렸다. 그 글의 내용은 이러했다.

"이번에 곡식을 나누어 준 일로 나를 칭송할 필요는 없다. 원래 나라는 백성이 뿌리가 되는 것이고, 부자는 가난한 이를 돌볼 의무가 있다. 하지만 지금의 나라는 그러하지 못해 하늘도 노할 지경이었다. 그래서 내가 하늘을 대신하여 일을 처리한 것뿐이니, 심부름한 나에게는 어떤 공도 없다. 이렇게 말하는 나는 처사 전우치이다."

『전우치전』 속 환상 세계는 어떤 세계일까?

『전우치전』의 시간 배경은 우리가 알고 있는 조선 시대이지만, 신선이나 도술이 존재한다는 점은 달라요. 재미있는 점은 전우치가 실존 인물이었다는 사실이에요. 원래 전우치는 조선 중종 때의 사람이었는데, 나라에 반역을 꾀했다가 실패하고 목숨을 잃었다고 해요. 그런데 사람들 사이에서는 전우치가 도술을 배워 반역을 일으키려 한다는 소문이 돌기도 했대요. 그걸 바탕으로 『전우치전』이 탄생한 것이죠.

답답한 현실을 벗어나기 위해 환상 세계를 만들어 내다!

조선 초, 남부 해안 마을들이 왜구에게 잦은 침략을 당한 건 사실이에요. 그러나 조정의 신하들은 해안 마을에 관심을 가지지 않았지요. 그러자 사람들은 『전우치전』이란 이야기를 통해 답답한 현실에서 벗어나게 해 줄 환상 세계를 만들어 내요. 『전우치전』에 가장 큰 영향을 준 소설인 『홍길동전』도 마찬가지예요. 적자와 서자를 구분하는 신분 차별에 불만을 느낀 허균은 『홍길동전』을 통해, 이야기 속에서나마 신분 차별이 없는 이상 국가인 '율도국'을 만들었잖아요. 이런 이야기들은 힘든 현실을 잠시나마 잊게 해 주는 효과를 가져요. 하지만 더욱 큰 효과는 따로 있어요. 바로 이야기를 읽는 사람들로 하여금, 현실을 바꾸려는 의지를 갖게 해 준다는 거예요. 『전우치전』을 읽으면 전우치가 되어 의롭지 못한 세상을 혼내는 상상을 하게 되고, 『홍길동전』을 읽으면 홍길동처럼 세상을 바꾸려는 마음을 가지게 된답니다.

17

배경은 이야기에 어떤 영향을 미칠까?

교과서 속 이야기

'한겨울에 산딸기를 구하러 간 청년'의 배경은 이야기에 어떤 영향을 미칠까?

옛날 어느 마을에 홀어머니와 함께 사는 청년이 있었어요. 비록 집은 넉넉지 않은 형편이었지만 청년과 어머니는 늘 웃음을 잃지 않고 살았어요. 특히 청년은 마을에서도 소문난 효자였어요. 어머니가 '단감이 먹고 싶구나…….'라고 지나가는 말이라도 하면, 청년은 뒷산을 돌아다녀 감나무를 찾았어요. 그리고 이가 약한 어머니가 먹기 좋은 단감만을 골라 따서 어머니에게 드렸어요.

"아유, 어디서 이렇게 귀한 단감을 구했니? 우리 같이 먹자꾸나."

"아니에요, 어머니. 어서 드세요. 저는 어머니가 먹는 것만 봐도 배가 부른걸요."

그렇게 청년과 어머니는 마음이 따스해지는 나날을 보냈어요.

하지만 어느 추운 겨울날, 어머니가 갑자기 앓아눕고 말았어요. 청년은 놀라 마을의 의원을 모시고 집으로 왔죠. 하지만 의원의 말은 충격적이었어요.

"아무래도 자네 어머니가 올 겨울을 넘기기 힘들 성싶네."

청년의 어머니가 치료도 하지 못할 정도로 큰 병에 걸렸다는 것이었죠. 하지만 청년은 어머니를 포기하지 않았어요. 온갖 일을 해서 몸에 좋은 음식을 구해 상에 올렸죠. 하지만 어머니는 어느 것 하나 잘 먹지를 못했어요. 청년은 보다 못해 어머니 손을 꼭 잡고 말했어요.

"어머니, 혹시 먹고 싶은 게 있으시면 말씀해 보세요. 제가 구해다 드릴게요."

"아니다, 아냐……."

하지만 청년은 계속 해서 어머니에게 무엇이 드시고 싶냐고 물어보았어요. 그러자 어머니는 한참을 머뭇거리다 입을 열었어요.

"빨갛게 익은 산딸기가 먹고 싶구나……."

눈보라가 몰아치는 한겨울에 산딸기라니! 하지만 어머니의 마지막 소원이 될지도 모르는데 그냥 지나칠 수는 없었어요.

청년은 곧장 산으로 올라가 산딸기를 찾아 헤맸어요. 눈으로 덮인 하얀 산이 온통 청년의 발자국으로 뒤덮일 때까지 헤매었지만, 산딸기는 보이지 않았죠. 청년은 점점 지쳐갔지만 포기하지 않았어요. 그런데 그때!

"어흥!"

커다란 호랑이가 청년 앞에 나타났어요. 겨울이라 사냥을 하지 못해 굶주린 호랑이는 커다란 이빨을 드러내며 청년에게 다가갔어요.

절망에 빠진 청년은 무릎을 털썩 꿇었어요.

"이렇게 내가 호랑이 밥이 되는구나! 나 죽는 건 하나도 겁나지 않지만, 우리 어머니의 마지막 소원인 산딸기 하나 구해 드리지 못하고 이렇게 먼저 떠나는 게 너무도 죄송스럽구나……."

청년은 마지막 순간까지 자기보다 어머니를 생각하며 눈물을 흘렸어요. 차가운 눈 위로 뜨거운 눈물이 뚝뚝 떨어졌죠.

그렇게 얼마나 지났을까, 호랑이가 다가오지 않자, 조심스레 고개를 들어본 청년은 깜짝 놀랐죠. 호랑이는 온데간데없이 사라지고, 대신 그 자리에 산딸기와 온갖 귀한 약초가 눈을 뚫고 자라고 있는 게 아니겠어요.

사실 호랑이의 정체는 바로 청년의 진심을 시험하기 위해 변신한 산신령이었어요. 청년의 마음이 진심임을 안 산신령은 산딸기와 함께 어머니의 병을 낫게 할 약초까지 선물로 준 것이었어요.

「한겨울에 산딸기를 구하러 간 청년」 속 배경은 이야기에 어떤 영향을 미칠까?

'한겨울'이라는 시간적 배경은 이야기에 큰 영향을 미쳐요. 먼저 병든 어머니가 먹고 싶어 하는 산딸기를 청년이 구하기 힘들게 해서 긴장감을 높이는 효과가 있죠. 그리고 겨울산을 돌아다니며 산딸기를 찾는 청년의 모습에서 청년의 효심이 더욱 잘 느껴지죠. 또한 이 이야기의 시간적 배경이 '옛날'이라는 것도 이야기에 영향을 미쳐요. 만약 현대에 이런 일이 있다면 백화점이나 마트에 가서 금방 산딸기를 구할 수 있었겠지요?

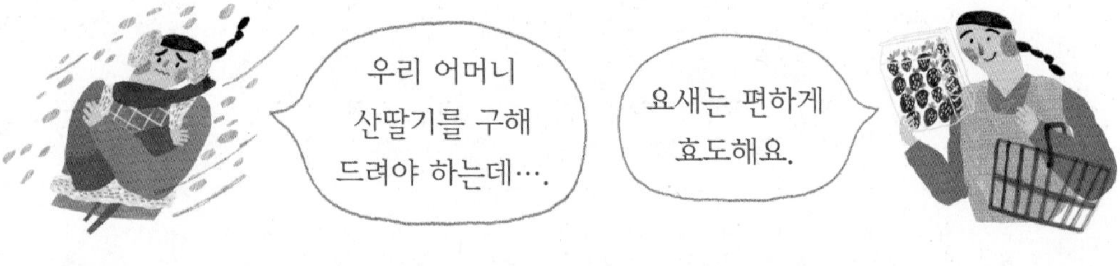

배경의 요소 두 가지, 시간적 배경과 공간적 배경!

배경은 이야기 속 사건들이 일어나는 구체적인 시간과 공간을 뜻해요. 배경이 있어야 인물들의 행동이나 이야기 속에서 벌어지는 사건들이 생생한 힘을 얻게 되죠. 또한 배경은 이야기의 분위기를 드러내 주고, 주제를 구체화시키는 역할을 하기도 해요. 배경의 요소는 시간과 공간으로 구분돼요. 시간은 '언제 일어난 일'인지를 알려 주고, 공간은 '어디에서 일어난 일'인지를 알려 줘요.

교과서 밖 이야기

'걸리버 여행기'의 배경은 이야기에 어떤 영향을 미칠까?

영국에서 태어난 걸리버는 어렸을 적부터 항상 세상 밖으로 떠나는 여행을 꿈꿨다. 의과 대학을 나와 의사가 된 후에도, 결혼을 해서 아내와 가정을 꾸린 후에도 그 생각에는 변함이 없었다. 결국 걸리버는 배에서 선원들의 건강을 보살피는 의사인 선의가 되었다.

1699년 5월 4일, 걸리버는 영국의 항구 도시 브리스톨에서 배를 타고 항해에 나섰다. 처음 몇 달만 해도 무척이나 순조로운 항해였다. 하지만 11월 15일 아침, 갑작스러운 사고가 터졌다. 안개에 가려졌던 거대한 암초에 배가 부딪친 것이었다!

밑바닥에 큰 구멍이 난 배는 서서히 가라앉기 시작했다. 선원들은 다급히 구명보트를 타고 탈출했다. 걸리버도 그중 한 명이었다. 하지만 갑작스레 불어온 돌풍은 걸리버와 선원들에게서 구명보트마저 빼앗아 버렸다. 걸리버는 파도에 휩쓸려 다른 선원들과 떨어져 홀로 남게 되었다. 이제 그에게 남은 선택은 단 하나, 물에 빠져

고기밥이 되는 것뿐이었다. 하지만 걸리버는 절대 삶을 포기할 수 없었다

"내 아내를, 내 가족을 다시 만나야만 해!"

걸리버는 쉬지 않고 팔다리를 움직였다. 어떻게든 육지에 도착할 때까지 지치지 않기만을 바랄 뿐이었다. 어느새 해도 뉘엿뉘엿 져 가고 걸리버의 힘도 완전히 다 빠진 순간, 걸리버의 발에 뭔가 감촉이 느껴졌다. 드디어 육지에 도착한 것이었다!

'신이시여, 감사합니다!'

걸리버는 모래밭으로 올라오자마자 털썩, 쓰러져 버렸다. 살았다는 생각이 들자마자 지금까지의 피로가 몰려와 그대로 잠들어 버린 것이었다.

얼마나 시간이 흘렀을까, 동쪽 하늘에서 떠오르는 햇살이 느껴지자 걸리버는 습관처럼 기지개를 쭈욱 피려 했다. 그런데 무언가 이상했다. 몸이 움직이지 않는 것이었다. 걸리버는 놀라 몸을 일으키

려 했다. 하지만 몸은 꼼짝도 하지 않았다.

'이게 대체 어떻게 된 거지? 마치 내 몸이 줄에 묶인 것 같잖아.'

그때 걸리버는 자신의 몸 위에서 무언가 움직이고 있는 걸 느꼈다. 그건 마치 벌레와 같이 작은 크기였지만, 또 벌레의 움직임과는 거리가 멀었다. 그 움직이는 것이 걸리버의 가슴팍에 다다른 순간, 걸리버는 자신의 눈을 믿을 수 없었다!

걸리버의 가슴팍에 서 있는 건, 다름 아닌 사람이었다. 키가 10 센티미터가 될까 말까 할 정도로 작은 사람. 그리고 그 뒤로 똑같은 크기의 사람들이 걸어오는 게 보였다.

"이게 뭐야아아아아아아!"

걸리버가 비명을 지르자, 그 작은 사람들은 놀라 후다닥 뒤로 물러났다. 걸리버는 일어나기 위해 온몸을 버둥거렸다. 그러자 '우두둑!' 하는 소리와 함께 걸리버의 한 팔이 자유로워졌다. 알고 보니 그 작은 사람들이 줄과 말뚝으로 걸리버를 묶어 놓은 것이었다.

겨우 몸을 일으킨 걸리버는 주변을 둘러보더니 입을 떡 벌렸다. 작은 사람들의 군대가 자신을 향해 칼과 활, 그리고 대포를 겨누고 있는 게 보였다. 그들은 걸리버가 한 번도 들어보지 못한 언어로 걸리버를 향해 소리치고 있었다.

그랬다. 걸리버가 도착한 곳은 바로 작은 사람들의 나라, 소인국이었던 것이다!

『걸리버 여행기』의 배경은 이야기에 어떤 영향을 미칠까?

영국의 작가 조너선 스위프트가 1726년에 발표한 풍자 소설 『걸리버 여행기』는 총 4부로 이루어져 있어요. 지금 소개된 부분은 그중 1부인 소인국을 여행했던 때의 이야기예요. 『걸리버 여행기』는 당시 영국의 정치, 경제, 과학, 종교 상황을 풍자하기 위해 공간적 배경을 주로 사용하고 있어요.

예를 들어 걸리버는 소인국에서 '달걀을 뾰족한 쪽부터 깨느냐, 뭉툭한 곳으로 깨느냐'라는 이유로 벌어진 두 나라의 전쟁을 지켜봐요. 그 모습을 통해 작가는 국가 간의 전쟁이라는 것이 얼마나 바보 같은 일인지를 풍자하죠.

『걸리버 여행기』에서는 어떤 공간적 배경이 나올까요?

『걸리버 여행기』 1부의 공간적 배경은 앞에서 말한 대로 소인국이에요. 2부의 공간적 배경은 거인국이고요. 소인국과 거인국에서 걸리버는 여러 사람의 장난감 취급을 받아요. 그 모습을 통해 못된 사람이 얼마나 추악한지를 보여 주죠. 3부의 공간적 배경은 하늘에 떠 있는 학자들의 성인 '라퓨타'예요. 여기서는 소수의 지배계층들이 문명과 지식을 통해 다수의 사람들을 억압해요. 걸리버는 그런 억압을 참지 못하고 사람들과 힘을 합쳐 학자들과 싸워 이기지요. 인간이 인간을 지배할 수 없다는 점과, 그러기 위해서는 모두 힘을 합쳐야 한다는 이야기를 '라퓨타'라는 공간적 배경을 통해서 해요. 4부의 공간적 배경은 '휴이넘'이라는 곳이에요. 여기서는 말 종족이 인간처럼 문명 사회를 이루고 있고, 인간 종족은 '야후'라고 불리며 짐승 취급을 받아요. 이상적인 삶을 살아가는 말 종족을 통해, 걸리버는 인간이 어떻게 살아야 하는지를 배우죠. 흔히 걸리버가 소인국을 여행하고 돌아오는 이야기로만 알고 있는 『걸리버 여행기』, 그 뒤에도 많은 이야기가 있으니 꼭 찾아 읽어 보세요!

18
이야기에서 어떤 감정을 느낄 수 있을까?

교과서 속 이야기

'흥부의 화초장을 빼앗은 놀부'에서 어떤 감정을 느낄 수 있을까?

흥부가 박에서 나온 보물로 부자가 되자, 온 동네에 소문이 퍼져 나갔다.

"가난뱅이 흥부가 갑자기 큰 부자가 되었다지?"

"그러게 말이야! 이 근방 백 리 내에서 제일 큰 부자라고 하더구만."

그 소문을 전해 들은 놀부는 갑자기 배가 아파 견딜 수가 없었다. 하지만 대체 흥부가 어떻게 부자가 되었는지 알아보는 일이 더욱 급했다. 놀부는 얼른 흥부의 집으로 달려갔다.

"다 쓰러져 가던 초가집은 어디 가고, 우리 집보다 훨씬 더 큰 기와집이잖아! 아이고, 배야!"

새롭게 지은 흥부네 집에 도착한 놀부는 배가 더욱 심하게 아파옴을 느꼈다. 놀부는 문을 박차고 집 마당으로 들어가 흥부를 찾았다.

“흥부, 네 이놈! 이 도둑놈아! 어디 있느냐!”

갑작스러운 소란에 마당으로 나온 흥부는 놀부를 보자 버선발로 뛰어 내려갔다. 그러더니 공손히 인사를 하고 놀부를 자신의 방으로 안내했다.

아랫목에 떡하니 자리를 잡고 앉은 놀부는 흥부를 추궁하기 시작했다.

“도대체 네가 무슨 수로 이런 큰 부자가 된 것이냐. 혹시 도둑질을 한 게 아니더냐?”

“아유, 아닙니다. 이게 다 조상님의 도우심과 형님의 보살핌 덕분입니다.”

흥부의 착한 말을 들은 놀부는 더욱 심사가 꼬여 들어갔다. 지금이라도 당장 뛰쳐나가고 싶었지만 놀부는 꾹 참았다. 여기 찾아온 목적을 달성하기 위해서였다.

놀부는 누가 들을세라 주변을 살피더니 목소리를 낮추고 말했다.

“도둑질을 한 게 아니라면, 나한테 그 방법을 한번 알려 줘 보거라.”

착한 흥부는 놀부에게 자신이 있었던 일을 알려줬다. 다리를 다친 제비를 구해 준 일에서부터, 다음해 봄에 제비가 박씨를 물고 온 일, 그 박씨에서 자란 박에서 온갖 보물이 쏟아져 나온 일까지 모두 이야기했다.

그 이야기를 들은 놀부는 흥분해서 코를 벌렁거리며 콧김을 내뿜었다.

'그럼 나도 제비 다리를 고쳐 주면 더 큰 부자가 되겠군. 이럴 때가 아니지!'

놀부는 얼른 자기 집으로 돌아가려 했다. 그때 놀부의 눈에 화려한 화초장이 눈에 들어왔다. 순간 욕심이 난 놀부는 그 화초장을 아내에게 선물로 주기로 마음먹었다.

흥부는 거절하기는커녕 나중에 하인을 시켜 집으로 가져다 주겠다고까지 했다. 하지만 놀부는 콧방귀를 뀌었다.

"흥, 네 속을 어디 모를 줄 알고? 준다 준다 말만 하고 모른 척할게 뻔하지. 됐다, 내가 그냥 들고 가고 말지."

모든 사람이 자기 같은 욕심쟁이인 줄 아는 놀부다웠다. 결국 놀부는 그 무거운 화초장을 등에 지고 낑낑거리며 집으로 향했다. 땀을 비오듯 흘리며 걸어가면서도, 놀부는 부인에게 보여 줄 생각에 기쁘기까지 했다. 그런데 한참을 걷다 보니 문제가 생겼다. 등에 맨 장의 이름을 까먹었던 것이다.

"가만 있자, 이 등에 진 놈의 이름이 무엇이었더라? 알아야 부인한테 자랑을 할 텐데. 끝에 '장'자가 붙었던 것 같기도 한데… 고추장? 된장? 쌈장? …아냐, 아냐.

화자가 들어갔던 것 같은데… 화개장, 송화장… 아냐, 아냐. 이것도 아냐!"

놀부는 답답해서 그렇지 않아도 먼 길이 더 멀게만 느껴졌다. 이름 모를 물건을 지고 있으니 더 무거운 것 같기까지 했다. 놀부는 계속해서 머리를 굴렸지만 '화초장' 이름 석 자를 떠올리지 못했다.

「흥부의 화초장을 빼앗은 놀부」를 읽고 어떤 감정을 느낄 수 있을까?

처음 부분에는 흥부의 집에 쳐들어와서 무례한 행동을 하는 못된 놀부에게 화가 나지 않나요? 하지만 놀부가 자기 욕심 때문에 무거운 화초장을 들고 낑낑거리고 가는 모습이라던가, 화초장의 이름을 잊어버리고 헷갈려하는 장면을 읽고 있노라면 웃음이 절로 나요.

문학 작품을 읽고 어떻게 행동해야 할지 생각해 봐요!

문학 작품과 다른 글들이 구별되는 가장 큰 특징은, 문학 작품은 독자의 감정에 말을 건다는 거예요. 독자는 이야기를 읽고 느껴지는 감정에 의해, 자신이 어떻게 행동해야 할지 생각하게 되죠. 「흥부의 화초장을 빼앗은 놀부」에서 우리는 놀부의 행동을 보며 화가 나기도 하고 웃음이 나기도 해요. 그러다 보면 놀부처럼 욕심을 부리는 게 얼마나 어리석은 행동인지를 스스로 깨닫게 되지요.

신나는 역사 읽기

'동래부사 송상현'의 글에서 어떤 감정을 느낄 수 있을까?

1592년 4월 13일, 일본의 장수 고니시 유키나가는 자신의 병사 2만여 명을 700여 척의 배에 태워 부산으로 향했어요. 임진왜란의 시작이었죠. 부산에 상륙한 고니시는 먼저 부산성을 침략했어요. 조선은 일본이 쳐들어올 거라고는 상상도 하지 못했기에 속수무책으로 당할 수밖에 없었죠. 부산성은 하루만에 함락되고 말았어요.

이튿날 아침, 고니시는 이 기세를 몰아 동래성을 함락시키기 위해 진군했죠. 동래부사 송상현은 부산성 함락 소식을 듣자, 곧 적이 쳐들어올 것이라는 걸 알았어요. 그래서 남문에서 적을 기다렸죠. 잠시 후, 고니시가 자신의 병사를 끌고 동래성으로 쳐들어왔어요. 동래성의 조선군은 약 2천 명, 고니시의 일본군은 약 2만 명. 누가 봐도 상대가 되지 않는 싸움이었죠. 고니시는 병사들에게 성을 포위하라고 지시한 뒤, 목판에 글을 써서 송상현에게 보냈어요.

싸우려면 싸우고, 싸우지 않을 거라면 길을 빌려달라.

송상현은 그 글 속에 숨어 있는 고니시의 오만함을 느꼈어요. 어차피 상대도 되지 않을 거, 쓸데없이 귀찮게 하지 말라는 것이었죠. 하지만 송상현은 절대 그럴 마음이 없었어요.

'어차피 한양이 함락되면, 우린 모두 죽은 목숨이다. 여기서 죽을 각오로 일본군을 막아 내겠다!'

송상현은 자신의 마음을 담은 글을 목판에 써, 고니시에게 보냈어요.

죽기는 쉬우나, 길을 빌려주기는 어렵다.

길을 내주느니, 차라리 죽음을 택하겠다는 송상현의 강한 의지가 그대로 드러난 글이었죠. 고니시는 그 목판을 받아 보고는 내심 감탄을 금치 못했죠.

'조선에도 이렇게 용맹한 장수가 있었단 말인가. 조선을 정복하는 것이 생각보다 힘들 수 있겠군…….'

결국 치열한 전투 끝에 동래성은 함락되었고, 송상현은 적의 칼에 맞아 숨을 거두고 말았어요. 하지만 나라를 지키겠다는 송상현의 마음은 그가 남긴 짧은 글에 고스란히 남아 있어요.

19

주장과 근거는 무엇인가?

교과서 속 이야기

'우리 아빠 시골 갔다 오시면' 속 주장과 근거는 무엇인가?

우리 아빠 시골 갔다 오시면

김용택

우리 아빠 시골 갔다 오시면
시골이 다 따라와요

이건 담장의 호박잎
이건 강 건너 밭의 풋고추
이건 부엌의 고춧가루

우리 아빠 시골 갔다 오시면
시골이 다 따라와요
맨 나중에는 잘 가라고 손짓하시는

시골 우리 할머니 모습이 따라와요

「우리 아빠 시골 갔다 오시면」의 주장과 근거는 무엇인가?

'우리 아빠 시골 갔다 오시면 시골이 다 따라와요.'가 시 속 '나'의 주장이에요. 어떻게 그럴 수 있는지 근거를 살펴볼까요?

아빠가 잔뜩 싸온 호박잎, 풋고추, 고춧가루는 모두 시골에서 가지고 온 것이에요. 그 음식을 보다 보면 우리 가족을 위해 이런 맛난 음식을 싸 주신 시골 할머니의 얼굴도 떠올라요. 그러면서 시골의 모습이 '나'의 머릿속에 떠올라요. 이게 '시골이 따라온다'는 주장의 근거예요. 어때요, 고개가 절로 끄덕여지지 않나요?

주장을 할 때는 꼭 근거가 있어야 해요!

'주장'이란 '자신의 의견이나 생각을 굳게 내세움'이라는 뜻이에요. 우리는 주장을 통해 자신의 생각을 남들에게 알려요. 그런데 주장을 할 때에는 꼭 필요한 게 있어요. 바로 '근거'예요. 근거란 '어떤 의견이나 생각의 뿌리가 되는 까닭'이란 뜻이에요. 즉 자신의 주장이 왜 올바른지 뒷받침해 주는 이유인 것이죠. 누군가 주장의 근거가 없거나, 또는 잘못된 근거를 바탕으로 주장을 한다면 어떻게 될까요? 아마 그 사람의 주장을 받아들이는 사람은 아무도 없을 거예요.

교과서 밖 이야기

‘베니스의 상인’ 속 주장과 근거는 무엇인가?

“안토니오는 차용증에 적힌 대로 샤일록에게 심장에서 가까운 살 1파운드를 주도록 해라.”

재판관의 말이 떨어지자 샤일록은 음흉한 미소를 지었어요. 지금까지 자신을 깔보던 안토니오에게 복수할 기회를 잡았기 때문이에요.

사실 샤일록은 안토니오가 자신에게 돈을 빌리러 왔을 때, 이해할 수가 없었어요. 목숨보다 귀중한 돈을 친구에게 주기 위해서 빌리다니. 그것도 그 친구가 무슨 급한 일이 있는 게 아니라, 단지 결혼할 돈이 필요한 것뿐이었는데 말이에요.

‘정말 안토니오 그놈이 내 마음에 조금만 들었더라도 돈의 귀중함에 대해 충고를 해 줬을 텐데…….’

하지만 샤일록은 충고 대신 돈을 빌려 주었어요. 그리고 차용증을 쓰게 했죠. 그 차용증의 내용은 실로 무시무시한 것이었어요. 기한 내에 돈을 갚지 못하면 안토니오의 살을 1파운드, 그러니까 500그램이나 떼어 낸다는 것이었죠. 그것도 심장에서 가까운 쪽의 살로요! 그건 돈을 갚지 못하면 안토니오를 죽이겠다는 말이나 다름없었어요.

안토니오의 친구 바사니오는 돈을 받자마자 사라져 버렸고 지금까지 돌아오지 않았어요. 모두 샤일록의 생각대로였죠. 샤일록의 머릿속에는 '우정'이란 단어 자체가 들어 있지 않거든요. 그러니 바사니오가 우정 운운하며 돈을 갚으러 온다는 건 꿈에서도 떠올릴

수 없는 일이었어요.

'하지만 이렇게나 일이 잘 풀릴 줄은 몰랐지. 히히히…….'

안토니오는 베니스에서도 수완 좋은 상인이었기 때문에 샤일록에게 돈을 갚을 만한 능력이 있었어요. 샤일록이 그런 악의적인 차용증을 쓰게 한 것은 그가 돈을 갚지 못할까 봐 그런 게 아니라, 그의 기분을 상하게 만들려고 한 의도였어요. 그런데 안토니오의 재산이 하루아침에 물거품이 되어 버리는 사건이 벌어졌어요. 안토니오의 무역선들이 풍랑을 맞아 바닷속으로 가라앉아 버린 것이죠. 그 이야기를 들은 샤일록은 뛸 듯이 기뻐하며 안토니오에게 달려갔어요. 그리고 당장 빚을 갚던가, 차용증의 내용을 이행하라고 따졌죠. 그 결과 지금의 재판이 열렸고, 재판장이 샤일록의 손을 들어준 거예요.

샤일록이 낄낄거리며 좋아하고 있는데, 재판장이 말을 이어나갔어요.

"하지만 이 차용증에는 안토니오의 피에 대해서는 아무런 언급이 없다. 그러니 샤일록은 안토니오의 살 1파운드를 떼어갈 때 피를 흘려서는 안 된다. 만약 피가 한 방울이라도 흐른다면 계약 위반의 죄로 샤일록의 전 재산을 압수할 것이다."

그 말을 들은 샤일록은 당황했어요. 살을 떼는 데 피를 흘리지 않게 하라니! 그런 방법이 세상에 어디 있겠어요. 하지만 샤일록이 하나 몰랐던 게 있어요. 재판관의 정체가 바로 바사니오가 청혼한 여인 포샤가 변장한 것이라는 걸 말이에요. 현명한 여인인 포샤는 안토니오의 사정을 알고, 그를 돕기 위해 그런 일을 꾸민 것이었죠.

안토니오를 괴롭히려다 자신의 전 재산을 압수당할 위기에 처한 샤일록은 결국 스스로 빚을 받는 걸 포기할 수밖에 없었답니다.

『베니스의 상인』 속 주장과 근거는 무엇인가?

샤일록은 '돈을 갚지 않는 안토니오의 심장에서 가까운 살 1파운드를 받아야 한다'고 주장해요. 그 내용이 적힌 '차용증'을 근거로 내세우지요. 그런데 이런 샤일록의 주장은 재판장의 주장에 가로막히고 말아요. 재판장은 '대신 살을 잘라갈 때 피 한 방울도 흘리지 말아야 한다'고 주장해요. '차용증에는 안토니오의 피에 대해서는 아무런 언급이 없기 때문이다'라는 근거를 든 것이죠. 결국 샤일록은 재판장의 주장에 패배해, 스스로 빚을 받는 걸 포기할 수 밖에 없었어요.

주장과 주장의 맞부딪침, 토론

"이제부터 용돈을 절반으로 줄이기로 했다!" 어느 날, 부모님이 갑자기 이런 주장을 해요. 그리고 그 근거로 '용돈을 쓸데없는 데 써서 낭비가 심하다'고 이야기하세요. 그럴 때 여러분은 여러분의 용돈을 지키기 위해 어떻게 해야 할까요? 먼저 '용돈을 절반으로 줄이면 안 된다'라는 주장을 하고 그에 맞는 근거를 이야기해야겠죠. 이렇게 서로 반대되는 생각을 가진 사람들이 모여서 자신의 주장과 근거를 이야기하는 것을 토론이라고 해요. 토론은 싸우기 위해 하는 게 아니라, 서로의 주장과 근거를 이야기하고 좀 더 나은 주장을 선택하기 위한 것이에요.

20
글로 감각을 어떻게 표현할까?

교과서 속 이야기

'풀잎과 바람'에서는 글로 감각을 어떻게 표현할까?

풀잎과 바람

정완영

나는 풀잎이 좋아, 풀잎 같은 친구 좋아
바람하고 엉켰다가 풀 줄 아는 풀잎처럼
헤질 때 또 만나자고 손 흔드는 친구 좋아.

나는 바람이 좋아, 바람 같은 친구 좋아
풀잎하고 헤졌다가 되찾아 온 바람처럼
만나면 얼싸안는 바람, 바람 같은 친구 좋아.

「풀잎과 바람」에서는 감각을 어떻게 표현할까?

작가는 글을 써서, 그 글을 독자에게 전달하죠. 그 글 속에는 글쓴이가 직접 보고 듣고 만지고 맛보고 냄새 맡은 모든 감각이 들어 있어요. 그래서 우리는 글을 읽으면서도 감각을 느낄 수 있죠. 「풀잎과 바람」의 1연에서는 '헤질 때 또 만나자고 손 흔드는 친구'를 '풀잎'에 비유했어요. 그럼 우리의 머릿속에는 친구의 모습과 풀잎의 모습이 시각이라는 감각으로 느껴지죠. 2연에서는 친구를 '만나면 얼싸안는 바람'에 비유했네요. 산들바람이 불어올 때 느껴지는 보드라운 촉각이라는 감각이 친구와 닮았다는 거예요. 이 시를 읽고 있노라면 그림이 없어도 풀잎이 보이고, 바람이 불지 않아도 바람이 부는 감각이 느껴져요.

교과서 밖 이야기

'향수'에서는 글로 감각을 어떻게 표현할까?

향수

정지용

넓은 벌 동쪽 끝으로
옛이야기 지줄대는 실개천이 휘돌아 나가고,
얼룩백이 황소가
해설피 금빛 게으른 울음을 우는 곳,
그 곳이 참하 꿈엔들 잊힐리야.

질화로에 재가 식어지면
뷔인 밭에 밤바람 소리 말을 달리고
엷은 졸음에 겨운 늙으신 아버지가
짚벼개를 돋아 고이시는 곳

그 곳이 참하 꿈엔들 잊힐리야.

흙에서 자란 내 마음
파아란 하늘 빛이 그립어
함부로 쏜 화살을 찾으려
풀섶 이슬에 함추름 휘적시던 곳,
그 곳이 참하 꿈엔들 잊힐리야.

전설 바다에 춤추는 밤물결 같은
검은 귀밑머리 날리는 어린 누의와
아무렇지도 않고 예쁠것도 없는
사철 발 벗은 안해가
따가운 햇살을 등에 지고 이삭 줏던 곳,
그 곳이 참하 꿈엔들 잊힐리야.

하늘에는 성근 별
알수도 없는 모래성으로 발을 옮기고,
서리 까마귀 우지짖고 지나가는 초라한 지붕,
흐릿한 불빛에 돌아 앉어 도란 도란거리는 곳,
그 곳이 참하 꿈엔들 잊힐리야.

「향수」에서는 감각을 어떻게 표현할까?

향수(鄕愁)라는 제목은 시골 향(鄕)에 시름 수(愁)를 써서 '고향을 그리워하는 마음이나 시름'을 뜻하는 말이에요. 그 제목처럼 이 시는 고향의 모습을 떠올리며 고향에 대한 그리움을 말하고 있어요. 이 시에서 그려 내는 고향의 모습은 다양한 감각으로 나타나요. 이렇게 하나의 감각을 다른 감각으로 표현해 내는 걸 공감각적 심상이라고 이야기해요.

1연 2행	옛이야기 지줄대는 실개천	실개천(시각)을 옛이야기(청각)으로 표현함 ➡ 시각의 청각화
1연 4행	금빛 게으른 울음	울음(청각)을 금빛(시각)으로 표현함 ➡ 청각의 시각화
2연 2행	밤바람 소리 말을 달리고	밤바람 소리(청각)를 말이 달리는모습(시각)으로 표현 ➡ 청각의 시각화

우리 주변에서 흔히 쓰이는 공감각적 심상의 예를 떠올려 보세요.

'달콤한 향기'라는 말은 '향기'라는 후각을, '달콤함'이라는 미각으로 표현한 '후각의 미각화', 즉 공감각적 심상이에요. '따뜻한 빛'이라는 말도 '빛'이라는 시각을, '따뜻함'이라는 촉각으로 표현한 공감각적 심상이지요.

21
글에서는 어떤 식으로 사물을 묘사할까?

교과서 속 이야기

'별주부전'에서는 어떤 식으로 사물을 묘사할까?

먼 옛날, 동해를 다스리던 용왕이 큰 병에 걸려 자리에 몸져누웠어요. 의원은 용왕을 진찰하고는 고개를 끄덕이며 입을 열었어요.

"용왕님의 병은 너무도 깊어 이대로 가단 돌아가실 수도 있습니다. 하지만 용왕님의 병을 낫게 할 약이 딱 하나 있습니다. 그건 바로 육지에 사는 토끼의 간입니다."

그 말에 문어, 넙치, 상어와 같은 용궁 신하들은 서로 자신이 육지로 가 토끼의 간을 구하겠다고 나섰어요. 그때 수천 년 묵은 자라인 별주부가 웃음을 터뜨렸어요.

"하하하! 이보시오. 당신들은 바다에서나 용맹한 신하들이지, 밖으로 나가면 먹음직스러운 한 끼 반찬일 뿐이오. 하지만 나는 다르오. 코끼리를 닮은 튼튼한 네 발이 있으니 육지에서도 아무렇지 않게 걸어갈 수 있지. 사람이 다가올 땐 네 발과 목을 쏙 집어넣으면 둥글기는 수박과 같고 납작한 모양은 솥뚜껑과 같으니, 아무도 내

정체를 눈치채지 못할 것이 아니오. 그러니 용왕님 병을 낫게 할 토끼 간을 가지고 올 적임자는 나 별주부 말고는 누구도 없습니다."

모두들 그 말에 별주부가 이 일의 적임자임을 인정할 수밖에 없었어요.

이제 별주부가 토끼를 잡으러 육지로 출발하려 하는데, 하나 문제가 있었어요. 바로 토끼의 생김새를 알지 못하는 것이죠. 용왕은 얼른 육지의 화공들에게 부탁해 토끼의 그림을 그리게 했어요. 그러자 다들 모여서 그림을 그리는데 부리부리한 빨간 눈에 삐죽 튀어나온 이빨, 짤막한 앞다리에 길쭉한 뒷다리, 쫑긋하게 튀어나온 두 귀에 눈처럼 하얀 털까지, 그야말로 완벽한 토끼의 모습이 화폭에 담겼죠.

육지로 나간 별주부는 숲을 한참이나 돌아다니다 드디어 화폭에 담긴 모습과 똑같이 생긴 토끼를 만나요. 별주부는 놀란 가슴을 진정시키고는 토끼에게 인사를 건넸어요.

"아이고, 토 선생님. 제가 토 선생님을 얼마나 찾았는지 아십니까?"

"보아하니 바다에서 오신 분 같은데 저한테 무슨 볼일입니까?"

토끼가 의아한 얼굴로 바라보자, 별주부는 얼른 준비해 놓았던 달콤한 말을 늘어놓았어요.

"이번에 용궁에서 잔치가 열리는데 토 선생님을 육지 대표로 초청하기로 했답니다. 용궁에 와 보신 적이 있습니까? 용궁이란 곳은 집을 지을 때 주춧돌부터 호박 보석을 쓰고, 산호 기둥에 푸른 옥돌

로 기와를 올리죠. 창문에는 수정으로 발을 달고 순금과 백옥으로 꾸민 난간이 보인답니다. 오색구름으로 만든 산을 바라보며 보석접시에 담긴 산해진미를 먹는 그 기분은 경험해 보지 못하면 알 수가 없답니다."

별주부의 말을 듣고 있노라니 토끼의 머릿속에서는 용궁의 아름다운 모습이 그림이 그려지듯 펼쳐졌어요. 어서 용궁으로 가고 싶은 마음뿐이었죠. 그 모든 일이 자신의 간을 노리는 별주부의 계획이라는 걸 꿈에도 모르고 말이죠!

『토끼전』에서는 어떤 식으로 사물을 묘사할까?

묘사란 '글을 재료로 해서 읽는 사람의 머릿속에 그림을 그리는 일'이에요. 그렇다면 토끼전에서는 어떤 식으로 사물을 묘사했을까요?

코끼리를 닮은 튼튼한 네 발이 있으니 육지에서도 아무렇지 않게 걸어갈 수 있지. 사람이 다가올 땐 네 발과 목을 쏙 집어넣으면 둥글기는 수박과 같고 납작한 모양은 솥뚜껑과 같으니	➡ 별주부가 자신의 모습을 묘사함
부리부리한 빨간 눈에 삐죽 튀어나온 이빨, 짧막한 앞다리에 길쭉한 뒷다리, 쫑긋하게 튀어나온 두 귀에 눈처럼 하얀 털까지, 그야말로 완벽한 토끼의 모습	➡ 화공이 그린 그림을 묘사하며 토끼의 모습 또한 묘사함
용궁이란 곳은 집을 지을 때 주춧돌부터 호박 보석을 쓰고, 산호 기둥에 푸른 옥돌로 기와를 올리죠. 창문에는 수정으로 발을 달고 순금과 백옥으로 꾸민 난간이 보인답니다. 오색구름으로 만든 산을 바라보며 보석접시에 담긴 산해진미를 먹는 그 기분	➡ 별주부가 용궁의 모습과, 용궁에서 노는 행동을 묘사함

우리는 이야기 속 묘사를 통해 우리가 보지 못한 동물이나 물건, 장소를 머릿속에 떠올릴 수 있답니다.

신나는 명화 읽기

'안견'과 '정선'은 어떤 식으로 자연을 묘사했을까?

1447년, 조선의 화가 안견이 세종의 셋째 아들인 안평대군의 꿈 이야기를 듣고 그렸다는 「몽유도원도」예요. 안평대군은 꿈에서 신선이 사는 복사꽃 마을을 여행했다고 전해져요.

1751년, 조선의 화가이자 문신인 겸재 정선이 76세의 나이에 인왕산을 보고 그린 그림이에요.

「몽유도원도」와 「인왕제색도」는 각각 조선을 대표하는 산수화예요. 그런데 두 그림에는 큰 차이가 있답니다. 바로 「몽유도원도」는 상상한 풍경을 묘사한 '관념산수화'이고, 「인왕제색도」는 직접 풍경을 보고 그대로 묘사한 '진경산수화'라는 거예요.

이처럼 묘사에는 두 가지 방법이 있어요. 대상을 그대로 전달하려는 '객관적 묘사'와, 대상을 본 작가의 느낌까지 전달하려는 '주관적 묘사'가 있죠.

「몽유도원도」는 산을 그릴 때 신선이 사는 듯한 신비로운 분위기를 느끼게 해주려는 주관적 묘사를 사용했어요. 반면 「인왕제색도」는 인왕산을 그대로 그리는 객관적 묘사를 택했죠.

부동의 스테디셀러!

국어왕 시리즈

국어왕 속담 + 고사성어 세트

식지 않은 인기! 속담, 고사성어 최강자가 떴다!
교과서 옛이야기에 숨은 속담과 고사성어를 찾고
독해와 어휘를 한꺼번에 잡아라!

국어왕 교과서 어휘 정복 세트

일기 쓰기로 또박또박 맞춤법 배우고 스토리텔링으로
똑똑한 개념어휘 깨치고, 관용어로 생각과 표현 넓히기!

국어왕 교과서 수록작품 읽기 세트
(1, 2, 3단계)

초등 전 학년 개정 국어 교과서에 수록된 작품 읽기!
엄선된 작품과 깊이 있는 이해로 독서의 지평을 넓혀라!